图书在版编目（CIP）数据

狗牙雨 / 曹文轩著. —南京：江苏凤凰少年儿童出版社，2008.3
（曹文轩纯美小说系列）
ISBN 978-7-5346-4177-0

Ⅰ. 狗… Ⅱ. 曹… Ⅲ. 短篇小说—作品集—中国—当代
Ⅳ. I247.7

中国版本图书馆CIP数据核字（2008）第 021031 号

书　　名	曹文轩纯美小说系列-狗牙雨
著　　者	曹文轩
责任编辑	郁敬湘　张晓玲　张海丽
封面绘画	周　翔　姚　红
美术编辑	蔡　蕾
出版发行	江苏凤凰少年儿童出版社
地　　址	南京市湖南路1号A楼，邮编：210009
印　　刷	江苏扬中印刷有限公司
开　　本	890 毫米×1240 毫米　1/32
印　　张	6.125　插页 4
版　　次	2008 年 3 月第 1 版
	2009 年 6 月第 2 版
	2016 年 4 月第 3 版
	2021 年 2 月第 23 次印刷（总第 60 次印刷）
书　　号	ISBN 978-7-5346-4177-0
定　　价	18.00 元

（图书如有印装错误请向出版社出版科调换）

曹文轩纯美小说系列

狗牙雨

曹文轩 著

江苏凤凰少年儿童出版社

曹文轩，北京大学中文系教授，中国作家协会主席团委员，北京作家协会副主席，国家统一语文教材主编之一。主要长篇小说有《山羊不吃天堂草》《草房子》《红瓦》《根鸟》《细米》《青铜葵花》《蜻蜓眼》《樱桃小庄》等。创作并出版绘本《飞翔的鸟窝》《羽毛》《柏林上空的伞》等五十余种。出版学术性著作《中国80年代文学现象研究》《第二世界——对文学艺术的哲学解释》《20世纪末中国文学现象研究》《小说门》等。出版《曹文轩文集》（19卷）。百余种作品被译为英文、法文、德文、希腊文、日文、韩文、瑞典文、丹麦文、葡萄牙文、俄文、意大利文等文字。曾获全国"五个一工程"奖、中国作协全国优秀儿童文学奖、中华优秀出版物奖、中国出版政府奖、国家图书奖、宋庆龄文学奖、冰心文学奖、陈伯吹国际儿童文学奖、输出版权优秀图书奖、金鸡奖最佳编剧奖、中国电影华表奖、德黑兰国际电影节"金蝴蝶"奖、北京市文学艺术奖等重要奖项七十余种。2016年获得国际安徒生奖，是中国获此殊荣的第一人。

国际安徒生奖简介：

国际安徒生奖（The Hans Christian Andersen Awards）是世界儿童文学领域的最高奖项，由国际少年儿童读物联盟（IBBY）于1956年设立，由丹麦女王玛格丽特二世赞助，以童话大师安徒生的名字命名，每两年评选一次。1966年增设了插画奖。

该奖表彰为青少年儿童文学事业做出永久贡献的优秀儿童文学作家和插画家。该奖一生只能获得一次，一旦获得，便拥有终生荣誉。

2016年4月4日,在第53届意大利博洛尼亚国际童书展上,2016年"国际安徒生奖"正式揭晓,曹文轩获得该奖项,这是中国作家第一次获得该奖项。

曹文轩,用诗意如水的笔触,描写原生生活中一些真实而哀伤的瞬间。

——国际安徒生奖评委会主席帕奇亚当娜

目录

狗牙雨	001
海牛	032
枪魅	053
荒原茅屋	063
暮色笼罩下的祠堂	071
大水	082
鱼鹰	096
城边有家小酒店	104
古堡	123
疲惫的小号	131
痴鸡	149
蔷薇谷	157
守夜	169
田螺	175

狗 牙 雨

1

杜元潮是五岁那年来到——准确一点地说,是漂到油麻地的。

也是在秋天,他和父亲杜少岩凭借一块厚大的棺材盖,随着洪水的奔流,在大水上漂行了两个白天一个黑夜。坐在棺材盖上,他一直模模糊糊地记得母亲被洪水卷走的情景:母亲徒劳地挥舞着双手,最后,一团黑发像马尾在浪花上悠悠一甩,就永远地消失了。父亲杜少岩是怎么抓到这块棺材盖的,又是怎样将杜元潮放到棺材盖上面的,事后,再也没有回忆得起来。漂了一天一夜之后,大水已经不再那么湍急,天空甚至阳光灿烂。杜元潮光屁股坐在棺材盖上面,小鸡鸡缩成白果大小。父亲杜少岩则双手抓住棺材盖的边缘浸泡于水中。杜元潮不住地问父亲:"我们什么时候到家?"杜少岩环顾四周,只见水天一色,竟无一块陆地,但还是很轻松地说:"乖儿子,我们快到家了。"杜元潮并不特别恐惧,只是有点儿紧张。时间一长,连这点紧张也消失了,觉得自己是在一张大床上,坐腻了,竟然还爬起来,摇摇晃晃地在棺材盖上来回走一走,甚至淘气地走到棺材盖的边缘吓唬一下杜少岩。杜少岩就有点儿吃惊地喊着:"儿子!儿子!"

这天,杜家父子与他们的棺材盖在油麻地大堤外停住了——河滩上一架没有被大水完全淹没的风车,将他们拦下了。杜少岩将杜元潮转移到平稳牢靠的风车顶上之后,自己也爬到了风车顶上。那块值得杜元潮一生记忆的棺材盖,在杜少岩一松手之后,稍作停留,便随水而去。

杜少岩已有几天未能直立身体,爬上车顶之后的第一个欲望就是站起身来。他摇晃着,慢慢地站起,这时,他的目光越过大堤,看到了大堤内的油麻地镇——一个规模很大的镇子。当时阳光倾盆,投射在水面上,使这个镇子的四周金光万道。他将杜元潮抱起,很熟练地让杜元潮骑在脖子上。杜元潮看见了镇子,看见了炊烟,看见了牛羊,高兴得用脚后跟猛劲地踢打杜少岩的胸脯,两只小手在空中乱舞,并哇哇乱叫。

这是杜家父子的港湾。

大堤上,有几十架水车正在往大堤外车水。踩水车的都是一些汉子,骄阳下,赤身裸体,汗津津、油亮亮的躯体,在阳光下犹如金属,光芒闪烁。随着身体的摇晃,裤裆里的家伙,大小不一,长短有别,但一律犹如钟摆。其中一个,忽地看到了风车顶上的杜家父子,就用一只小船将他们救到了岸上。

2

大水退去之后,杜少岩没有领着杜元潮寻找失落的家园,却很安心地在油麻地住下了。这里土地肥沃,是一块富庶之地,并且油麻地的人似乎也不讨厌他们在这里落脚扎根。他们没有土地,也无钱购买土地,但杜少岩的体力、本分、忠厚与老实,被油麻地的大地主程瑶田看上了,收他做了长工,且一并收留了整天光着屁股的杜元潮。

程瑶田有房屋四十余间,有良田五百余亩,有风车八部,有大船五艘,有耕牛十头,程家的财富,别说是在油麻地,即使在方圆十八里地内,也算是数一数二了。收留一两个人,对于程家而言,只是微不足道的小事,况且,杜少岩也不会白吃白喝他程家的。这样做,还满足了程瑶田一番菩萨心肠。

当杜少岩搀着杜元潮第一回走进程家大院时,因大院深深,那房屋一进一进的似不见底,心里不免有点儿发虚,两腿竟然哆嗦不已。杜元潮则十分的害怕,瞪着眼睛,赖着瘦削的小屁股,死活不肯跟随杜少岩跨过那道高高的深红色门槛。

管家范烟户还正年轻,眉清目秀。他本是一个识字人,肚里装了不少诗词小曲和一些陈年戏文,高兴时还爱有板有眼地哼唱几句,人看上去很风雅。他穿着干干净净一尘不染的长衫,很有风采地站在院中,用同样干干净净的手招呼着杜少岩:"进来吧,进来吧,主人还等在那儿有话要对你说呢。"

杜少岩用力一扯,将杜元潮扯进了门槛。

程瑶田端坐在一张显得有点儿笨重的黄花梨木透雕靠背圈椅上。见了杜家父子,他竟然微微起身相迎。杜少岩在干干净净的青砖地上跪下了,并将杜元潮硬扯着也跪了下来。程瑶田连忙摆手:"别!别!"但身无分文、衣衫褴褛的杜少岩却坚持着跪在地上,这倒让程瑶田显得有点儿不安,示意范烟户将杜少岩父子拉起来。范烟户连忙过来,嘴里连连说道:"起身起身。"将杜少岩从地上拉了起来。杜少岩一时忘记了依然还跪在地上的杜元潮。程瑶田见杜元潮两眼骨碌骨碌地乱转,却又怯生生的样子,一丝怜爱掠过心头,抬抬手:"起来,孩子。"范烟户走过来,拍了拍杜元潮的脑袋,说道:"这孩子倒也乖巧。"将他从地上也拉了起来。

在程瑶田向杜少岩问话时,杜元潮一直藏在杜少岩的身后,将一只眼睛从父亲的屁股旁悄悄探露出来,打量着眼前的一切。

奶妈炳嫂抱着一个三四岁的小女孩从东厢房里走出。这小女孩一眼就看到了杜元潮,两粒黑晶晶的眼珠便像两只落在青枝上的小鸟,落到了杜元潮的脸上。炳嫂在走动,但她怀里的这个小女孩却转动着脑袋,一直看着杜元潮。她不笑,也不哭,略带一点羞涩和怯意。这个小女孩长得极为秀气,头发不算浓密,偏稀,并微微发黄,衬得她格外的清秀。她抱着炳嫂的脖子,侧着脸,明眸如星,两点清纯的亮光,无声地闪烁。

杜元潮在炳嫂掀开门帘的那一刻,也一眼看到了这个小女孩,更向父亲的屁股后面躲去,但目光却再也没有从小女孩的脸上挪开。

大人们注意到了这两个孩子的无声对望,有片刻的工夫,停止了说话。

小女孩忽然抱紧了炳嫂的脖子,并将脸藏到了炳嫂的脸旁。

杜元潮用手紧紧揪住父亲的裤子,却还在望着那个小女孩。

小女孩的脸在炳嫂的脸旁藏了那么一会儿,到底又掉过头来望着杜元潮。

这回是杜元潮把脸彻底地藏到了父亲的屁股后面。

小女孩歪着脑袋,追望着。

终于,杜元潮又探出了脑袋。

程瑶田说:"炳嫂,将采芹放到地上吧。"又朝杜元潮招招手,"过来。"

杜元潮不肯过来。

杜少岩的大手硬将杜元潮从屁股后面拽了出来:"这孩子就知道害臊。"随即将他向前推了两步,"老爷叫你呢。"

杜元潮又重新退了回来。

这时炳嫂已将采芹放到地上:"这孩子整天要人抱,是不肯下地的。"

程瑶田对杜少岩说:"这是我的女儿。"然后微微俯身,拍了拍采芹的后脑勺,"从今天起,你有一个小哥哥了。"又对炳嫂说:"带两个孩子到外面去玩吧。"

炳嫂就一手搀着采芹,一手搀着杜元潮往外走。杜元潮只是回头望了望杜少岩,就跟着走了。

等杜少岩从程瑶田那里一一领下了交代与嘱咐走出程家大院时,杜元潮与程采芹已在大树下追逐玩耍了,树下飘扬着两个小儿女的咯咯咯的笑声。

从这天起,杜少岩将照料程家八部风车,他将带着杜元潮住在程家后院的一间空着的屋里,将与程家上上下下十几个用人一起在程家的大厨房里用餐,从此,他就是一个每年年底可以从程家账房领取工钱的长工了。

杜少岩走出门后,程瑶田对范烟户说:"给他几个钱,让他扯丈把布,请裁缝给那孩子做几件衣服。"

杜少岩出了程家大院,没有惊动两个正在玩耍的孩子,而是坐在树下的磨盘上,回头望着程家大院,这时他才看清程家大院里一进一进的房屋。那些房屋皆由青砖青瓦砌成,一派的沉静与祥和。

3

大水退去,堤外良田万顷。

日子,就这样在一个临水而立的镇子上开始了。

杜少岩从早到晚奔波在田野上,细心照料着那八部风车。八部风车负责着程家全部土地的灌溉,东一部西一部地矗立在不同的地方。一部一部地照看一遍,就得跑上五六里地。风口不一样,篷数或六或八,水槽也分长短,因此,一部风车一个脾气,照料它们,实非易事。天气正常,风大小得体时,只需将篷扯到恰当的高度然后远远看着就是,而一旦天气陡变,风起云涌时,杜少岩就得拼命奔跑了。他必须将篷一一扯下,而在风车急速旋转的状态下要将篷一一扯下,是很有几分危险的,若不能眼疾手快,不是车毁就是人伤。好在杜少岩有的是力气,多的是敏捷。大风天气,程瑶田站在镇后高高的土坡上瞭望他的田野,见杜少岩健步如飞,穿场越壑,见狂风大作,而自家的风车却早早一一落篷,安静如夜,心中总会想到:年终时,该给他多加些工钱才是。

当然也有失手的时候。

程家田地最远一处的那部风车,远离村庄,且又无任何林木的遮挡,风来时,长驱直入,那风车就会在一刹那间发了疯似的旋转,旋转到极致处,看上去八叶篷,篷篷相连竟无一丝缝隙,俨然一口巨大的圆桶,旋转不止,就听见车身咯吱乱响,令人觉得随时都可能折断、崩溃。那槽口的水汹涌而泻,水花四溅,看得人心惊肉跳。这是一部有名的"鬼风车"。那天,风来得甚急,等杜少岩稳住那七部风车最后再来管它时,它已处在癫狂状态。篷忽忽作响,闪电而过,杜少岩只觉得眼花缭乱,竟不知如何下手,几次去解篷绳,几次落空,还差一点被车杠击倒。这里,杜少岩准备一拼了,那里,风车却于一瞬间如撅徽子一般,于大风中哗啦啦瘫痪在地上。杜少岩心中苦叫一声:"完了!"蹲在了地上,眼珠定定地望着草丛中一只趴着不动的秋后蚂蚱。"该带着孩子走了。"没想到程瑶田并无半句责怪之词,却还安慰道:"那种时候,谁也无能为力的。那风口上,也不是第一回毁车了。"并送了杜少岩一壶酒:"晚上,压压惊吧。"杜少岩用满是泥土的大手抹了一把泉涌一般的眼泪:"老爷,以后,不会再有毁车的事了。"

  大部分时间,杜少岩还是清闲的。风车都转动之后,他只需远远地看着就行了。时间一长,对天气也有了把握,往往一星一点的兆头,他就能八九不离十地预测到天气将会发生的变故,提前做了该做的事。一年里头,还有许多时间,地是不用灌溉的,那时候的风车全都卷了篷,光秃秃地歇着,杜少岩只需在田野上遛遛,照看照看,拾掇拾掇就行了。这样的日子里,杜少岩就会将杜元潮带在身边。

  杜元潮跟随父亲,走在田埂上,走在大河边,有的是风景,有的是好玩之处。草丛里忽然跃起一只野兔,桑树枝上忽然闪现出一个圆圆的鸟窝,一条大鱼忽然从水塘中跃起,原本是想激起一团水花的,却落在了岸上,在阳光下的草丛里无奈地打着挺儿……一处一处地吸引着他。落后太远了,杜少岩就会停住:"快点走,要么,你就在这里等我。"十有八九,杜元潮是依依不舍地丢下眼前的情景去追赶杜少岩——田野过于空旷,杜元潮有点儿害怕。

玩着玩着,杜元潮就不想玩了,心里惦记着回镇子,回程家大院,因为那儿有小女孩程采芹。

4

程家大院平日里是孤寂的,在杜元潮到来之前,能进程家大院与采芹一起玩耍的就只有邱半村的儿子邱子东。

邱半村开着这一带最大的木排坊,田地虽然不多,但财富却与程瑶田不相上下。两家人经常互相走动,关系十分密切。程采芹的母亲似乎很喜欢小男孩邱子东。这孩子生得干干净净,头发浓厚,两眼有神,嘴巴灵巧。有时,程家还会将邱子东留下住上几天。邱子东倒也乐意留在这大院里整天与采芹玩耍。两个小人儿偶尔也会争吵,当邱子东哭着闹着要回自己家中时,程采芹的母亲与炳嫂就赶紧过来哄劝,并假装着狠狠责备采芹几句。两个人稍微不自然了一阵,随即就又一起玩耍了。如果要将邱子东留在程家大院过夜时,程家就会派人将话传给邱家。玩累了要睡觉,采芹就会先爬上床去,用手拍着枕头对邱子东说:"你睡这儿,我们俩睡一头。"大人笑笑,由他们去。但邱子东有邱子东的家,不可能常来程家。邱子东一旦不来程家,采芹也就不肯下地玩耍了,整天让炳嫂抱着,无论炳嫂怎么哄她,也不肯落地。

杜元潮的到来,却使炳嫂想抱她也不可能了。对杜元潮,她真是喜欢得不得了。她用甜糯的声音,不停地叫着:"小哥哥。"小哥哥杜元潮似乎很会体贴她,处处都让着她,从不与她争执。他们的玩耍是无限丰富多彩的,一切在大人眼中毫无意义也毫无意思的事情,在他们眼中却都有无穷的意义与意思。墙根的一条蚯蚓,树上的一只喜鹊,或是偶尔从空中飘落下来一根飞鸟的羽毛,都会被他们反复观察,反复想像,说来说去也说不尽。他们常蹲在墙角或跑动在一进一进的房子里,说着许多大人听来觉得莫名其妙的话。许多时候,就是他们两个钻在无人走动的角落里,在那儿唧唧咕咕地絮语,虽是游戏,但却煞有介事。看上去,他们比油麻地的任何一个人都要忙碌。大人们也不多管,由他们玩去,只是炳嫂有时过来,拉过采芹看一看,轻轻地在她屁股上拍打一下,责备着:"刚换的衣服又弄脏了!"

然而,邱子东一来,杜元潮的玩耍,就不怎么放得开了。杜元潮总有点儿怵邱子东,每当邱子东人未到声先到时,他就会立即从与采芹的游戏中一下停住。当永远穿得体体面面的邱子东旁若无人地跑向采芹并拉了她的手去玩他想玩的游戏时,杜元潮就会很尴尬地站在一旁,手脚马上变得僵硬起来。

采芹似乎是喜欢邱子东的到来的,她也会一时忘了杜元潮,全神贯注地投到与邱子东新一轮的玩耍之中,等她终于想起杜元潮再掉头去找他时,要么杜元潮还呆头呆脑地站在那里,要么在她和邱子东玩得热火朝天时,他早已独自一人默不作声地走出大院,往田野上找父亲杜少岩去了。

每逢这种时候,杜元潮一出程家大院,就会猛烈奔跑起来。他穿过巷子,一口气跑到田野上,等树木遮住了镇子,才会停止跑动。一个人走在田埂上,耳边响着寂寞的风,杜元潮就只想见到父亲。

见到了父亲之后,他还是高兴不起来,目光呆滞地一旁待着。

时间长了,杜元潮才勉勉强强地适应邱子东。但时时刻刻地,杜元潮都会感到一种压抑。

玩耍过程中,采芹有时与邱子东亲密一些,有时与杜元潮亲密一些。但邱子东一旦感觉到采芹与杜元潮亲密时,要不就退出玩耍回家去,要不就把采芹从杜元潮身边拉开,一副很霸气的样子。那时,采芹就会掉过头来,有点儿无奈地看着手足无措的杜元潮。

只要是三个人在一起玩耍,肯定是由邱子东来决定玩耍的内容与方式,而杜元潮则永远处在被支使的位置上。邱子东太像邱半村了——邱半村整天要做的事情,就是支使那些由他雇来的放排工们以及上上下下地忙碌着的家佣。邱子东虽然才五岁一个小屁孩,但神气、口气,都是邱半村的。

杜元潮闷声不响地听着使唤,很少违抗邱子东的意志,还时时显出一副讨好的样子。

但其他油麻地的孩子,在邱子东的面前是谁也不能欺侮杜元潮的。

那些同样怵邱子东的孩子不骂邱子东,却往地上吐唾沫,肆无忌惮地骂杜元潮:"小跟屁虫!"当杜元潮终于忍无可忍,要与他们打架时,竟没有一个在乎他的,他只好畏畏缩缩地走到一边去,要么就紧紧跟在邱子东的屁股后面,一副屁颠屁颠的样子。孩子们一见,就更瞧不起他,就会有三两个孩子上来,要么扯一把他的头发,要么揪一下他的胳膊,要么就踢他一脚。他急了,像一条小狗,立起毛,龇着牙,喉咙里呜噜着,向那些孩子扑过去。那些孩子正希望这样呢,好有个理由收拾他,就呼啦拥了上来,将他团团围住,不停地对他进行袭击。他东扑西扑,非但没有扑着一个,却自己不知挨了多少拳脚。他要哭了。每逢这时,正在与采芹玩耍的邱子东,就会猛地冲过来,朝杜元潮的屁股上狠踢一脚,叫道:"一边呆着去!"转身挥起小拳头,朝那些孩子勇猛地逼过去。那些孩子一见,不是纷纷溃退,就朝他笑嘻嘻的:"我们没有真想打他,逗他玩呢。"邱子东警告似的又挥了挥拳头,拉着杜元潮走了。

邱子东是少爷,少爷有少爷的脾气,即便现在才五岁。这天,邱子东支使杜元潮去搬张凳子来,好让他站上去从一棵石榴树上摘石榴,杜元潮正在为采芹捉一只蝴蝶,一时没有理会他,他就自己去搬了一张凳子,不想那凳子少了一条腿,他刚爬上去,就连人带凳子翻倒在地,嘴磕在砖头上,嘴角立即流出一缕鲜血来。他咧了咧嘴,倒也没哭出声,但却朝杜元潮愤怒地瞪着眼睛。

杜元潮用手捏着蝴蝶的翅膀,呆立在墙根下。

邱子东用舌头舔了舔嘴角上的血,然后用一泡尿在地上画了一个圆圈,也不等将小鸡鸡放回裤子里,就过来揪住杜元潮的衣领,一把将他拽进了那个圆圈:"我什么时候让你出来,你才能出来!"说完,拉起采芹就往院门外走。

杜元潮呆呆地站在邱子东用尿为他画就的圆圈中,竟真的不敢走动一步。

院子里有棵槐树,槐树上有几只鸟在叫,但却不见鸟的身影。

杜元潮仰着头,在圆圈里转动着,想看到它们,但最终也不能看到它们——站在圆圈里向上望,再怎么望,也是浓密的枝叶。

太阳滑过树顶,笔直地照射下来,不一会儿,杜元潮就被晒得汗淋淋的。

范烟户过来了:"这孩子,怎么站在大太阳下不动呢?"便过来,将杜元潮拉到了树阴下,然后忙他的事去了。

邱子东和采芹从院外玩耍回来,见杜元潮竟然走出了他的尿圈,在鼻子里哼了一声,转身回家了。

傍晚,一群孩子都集中在巷口玩耍时,邱子东来了。他的衣袋里鼓鼓囊囊的,不知揣了些什么东西。孩子们让开一条道,让他走进人群。邱子东看了一眼人群里的杜元潮,将脸一扭,伸手从口袋里掏出一把颜色鲜亮的红枣,然后拿了一颗,随意往一个孩子手中一塞:"给你!"——地发下去。走过杜元潮时,他用胳膊肘将杜元潮撞开了,继续发下去。有时,他直接将红枣塞进一个孩子的嘴中。

孩子们吃着邱子东发给的红枣,都说:"好吃。"

邱子东又从另一个口袋里抓出一把红枣,径直走向采芹,将它们全都给了她。

巷子里响起一片夸张的咂吧声。

邱子东又掏了掏口袋,从口袋角上掏出最后几颗红枣,然后扔到了几条狗的面前。有孩子弯腰去捡,邱子东说:"那是给狗吃的。"

狗也许不吃红枣,但见孩子们都津津有味地吃,还是叼着红枣跑掉了。

杜元潮站在那儿,望着吃红枣的孩子们,用手不住地绞着衣服的一角,脸上的表情很难看。

采芹看到了杜元潮,便朝他走过来。

邱子东一把拉住采芹的手,然后对全体孩子说:"走喽,我们到河边玩去喽!"

哗啦啦,孩子们纷纷跑向河边。

采芹回头看着孤零零的杜元潮,然后小手一松,将手里的红枣都丢在了地上。

巷子空空荡荡的,从巷口吹来的风呼啦啦地响。

杜元潮不知站了多久,然后转身,低着头,沿着墙根,呆头呆脑地走向田野，走到父亲看风车的小窝棚，一声不吭地在地上坐下，脑袋直低垂到了裤裆里。

杜少岩一边忙活一边说："以后别和他一起玩就是了。"

此后，杜元潮听从了父亲的话，一见邱子东来，就会立即丢下采芹，远远地走开。

杜元潮不在，邱子东觉得玩耍、游戏都很没有意思。没有杜元潮供他支使与欺负，他很不开心。杜元潮的回避，让他感到十分恼火。他让别的孩子去叫杜元潮来，那时的杜元潮，正在田野上，或看着一只小个的蛤蟆舒服地闭着眼睛伏在一只大个的蛤蟆身上，或是看着天空里两只蜻蜓巧妙而优美地结合在一起，像一只小帆船飞行在空中。听了那个孩子的话，他不作答。那个带了使命的孩子说："邱子东让你去玩呢！"杜元潮看一眼那个孩子，依然关注他眼前的情景。那个孩子叫不动杜元潮，就回到邱子东的身边，说："他不肯来！"几次让一个孩子去叫，几次都是这样的结果，邱子东心里不痛快得很。在杜元潮又一次不作搭理而只管独自一人游荡于田野时，邱子东找了油麻地两个很凶的大孩子，说："你们去叫他和我玩！"那两个大孩子问："他不肯来呢？"邱子东往他们两人手中各塞了一把糖果："反正得让他来！"两个大孩子一边嚼着糖果，一边走到田野上。见了杜元潮，老远就喊："邱子东让你去玩呢！"杜元潮本是在用一根树枝够一枝荷花，看到那两个大孩子朝他走过来，便放下树枝，朝田野深处走去——那里有父亲看护风车的茅屋。两个大孩子一见，飞跑过来，拦下了杜元潮："邱子东让你去玩呢！"杜元潮想从两个拦路的大孩子中间挤过去，却被两个大孩子揪住了："邱子东让你去玩呢！"杜元潮挣扎着，但不是两个大孩子的对手，他们嚼着糖果，口水涟涟地拖着杜元潮往镇子里走去。杜元潮像一条死狗,很可怜地在地上被拖着。他大声喊着父亲,但杜少岩此刻正在远处看风车,根本听不到他的呼叫。离镇子越来越近了。那时邱子东正坐在一户人家的屋脊上向这边观望着。杜元潮急了,突然对其中的一个大孩子的手狠咬了一口。那大孩子"哎呀"一声尖叫,松开了杜元潮。杜元潮趁势从另一个大孩子手中挣扎而出,跑掉了。被咬的大孩子一边看着杜元潮逃跑的身影,一边神情痛苦地让另一个大孩子看着他手上的紫黑色的牙印。他们开始在田野上追捕杜元潮。屋脊上的邱子东就像看一出戏,看得很过瘾。最后,这两个大孩子竟将杜元潮逼到一口刚挖出的坑前。这是一个一人多深的墓穴。镇上的刘五爷去世了,今天傍晚要下葬。挖坑的十几个壮汉刚刚从这里撤离。杜元潮看了一眼那个狭长的但却很深的坑,一阵恐惧,站在一堆新土上,四下张望——他多么希望看到父亲!那两个大孩子扑了过来,他的脚下都是烂泥,一滑,掉进了坑里。两个大孩子蹲在坑边,低头望着他:"谁让你不肯和邱子东玩呢!"他们回头看了一眼镇子,看到邱子东正高高地坐在屋脊上。

天要下雨了,两个大孩子又尽情地戏弄了几下杜元潮,走掉了。

杜元潮像一只掉进陷阱里的小狼,蹦跶着想越出坑外,无奈那坑太深,他怎么蹦跶也蹦跶不出,徒然在坑壁上留下了无数道抓痕。他的指甲里嵌满了泥。其中一根手指头被瓦片划破,流出的鲜血在坑壁上留下了条条紫红色的痕迹。

他呼叫着,没有人听到,却有隆隆的雷声从天边滚动了过来。

他惊恐地仰头望着天空,黑云如潮,如兽群,在翻滚,在涌动。泪珠大粒大粒,顺着鼻梁滚滚而下,如同从屋檐口淌下的雨水。

小狼仰天呼喊,空旷的田野上,只有大风吹过野草与树木的声音。那声音荒凉、枯燥而刺耳。

不一会儿,他的嗓子就喊哑了。

他不住地用手抠着坑壁,想从墓穴中爬出,却不住地滑落下来。他在喉咙里沙哑地呜咽着,活生生一头落入陷阱的小狼。一头呼唤着父亲的小狼。

天开始下雨了,一种叫"狗牙"的雨。那雨不是一丝一丝的,而是一点一点的,仿佛这雨早在空中时,就被剪子剪成了一小截一小截。满天空的狗牙。一颗颗,皆很有力,皆很锋利,亮闪闪的。它能穿透薄薄的叶子,砸在人的脸上,让人麻酥酥的。它们一颗撵着一颗,却又十分均匀地落向荒草萋萋的大地。

狗牙落进墓穴时,在烂泥上砸出一点一点坑来。

万颗狗牙万点坑。

狗牙落在小狼的发丛里,像有无数的小石子砸在头上。小狼的头颅成了葫芦。他听到了嘀嘀笃笃的声音。他用双手抱住了头。

他在心中一遍一遍地呼唤着父亲。

坑底积蓄起来的雨水不一会儿就将他的双脚淹没了。

狗牙渐渐密集起来,仿佛要将大地上的一切咬烂吞尽。

他又开始不停地抠着坑壁,企图挣扎出去。然而,坑壁滑如涂油,他不停地跌落在坑底的水洼里。他成了一个小泥人儿。

邱子东早不在屋脊上了。

小狼终于无一丝力气,身子顺着坑壁,滑坐在坑底,幽幽地哭着。

坑底的雨水在不停地上涨,不一会儿就将他的屁股浸泡在了水中。

他有点儿困了,闭起双眼,低下头来,任狗牙铺天盖地落进墓穴,任雨水在墓穴中上涨。

他忽然觉得胸口凉丝丝的,睁眼一看,水已涨到他的胸口。

母亲的头发在水中悠然甩动然后沉没的情景,顿时浮现在他的眼前。他立即跳了起来,并像壁虎一般,将身子紧紧地贴着坑壁。

他仰脸去看天空,只见饥饿的狗牙,密密匝匝,已互相咬啮起来。

可怜的小狼,瑟瑟发抖。

此刻,杜少岩正在到处寻找儿子。然而,风雨声将他的呼唤完全地遮蔽了。

狗牙咬啮着他的肉体,更咬啮着他小小的灵魂。

天渐渐黑了下来。

他看到狗牙开始变稀变大,在大地上留下无数的细坑之后,雨停住了。

天空竟然很快出来星星。那星星像草丛中的冷霜,在闪烁。

他的身子在往下滑溜,最后坐在了水中,水一直淹到他的脖子。

晚饭后,送葬的队伍从镇里出发了。十几盏马灯,在田野上摇曳着。

他被人从坑里拉出来时,浑身冰凉,目光呆滞。他一边无声地叫着父亲,一边摇摇晃晃地朝父亲看护风车的茅屋走去……

5

采芹五岁时,程瑶田为她请了一位教书先生来程家,专门教采芹读书识字。程瑶田对采芹的母亲说:"这闺女再玩下去,就野了。"采芹就不能像过去那样由着性子玩耍了。而此时的邱子东家也为邱子东请了一位教书先生。这样,邱子东就不能常到程家大院来玩耍了。

杜元潮一时间觉得十分的孤独。

杜少岩对杜元潮说:"不要打扰人家采芹读书识字。"

杜元潮说:"我也要读书!"

杜少岩苦涩地一笑,拍拍杜元潮的脑袋,又一声叹息。

杜元潮坚决要去找采芹,杜少岩一把拉住他。杜元潮赖着屁股,用手死劲扒着杜少岩的手:"我不说话,我就站在旁边看她读书、写字,还不行吗?"眼泪汪汪的。

杜少岩只管抓着杜元潮的胳膊。

杜元潮眼泪哗哗地望着父亲:"我不说话,我就站在旁边看她读书、写字,还不行吗?"

杜少岩紧紧地抓着杜元潮的胳膊,将他往远处拉。

杜元潮赖着屁股不肯走,眼泪一滴一滴地滴在青砖上。

一直站在一旁看着的范烟户,心头微微一酸,走上前来,朝杜少岩挥挥手:"你去看车吧。"转而抚摸着杜元潮的头说:"咱可说好了,只许站着看,不许说话。"

杜元潮抹了一把眼泪,乖巧地点点头。

范烟户走在前头,杜元潮跟在后头,走进了专门为采芹开设的书房。

正在练字的采芹一见杜元潮,叫一声"小哥哥",连忙要从椅子上爬下来,穿长衫的教书先生做了一个制止的手势,她只好又乖乖地坐回到椅子上。

这是一条简洁的红木夹头榫长案,采芹占一半,教书先生占一半。从天窗泻下明亮的光线,空空大大的书房里显得十分的素净。

杜元潮站在长案的一头,用黑漆漆的眼睛望着采芹在教书先生的教导下一笔一画地写字,老老实实,决不吭一声。即便是采芹写得不耐烦了,扔下笔叫他,他也不答应。他不时地抬头看一眼也在一旁看着采芹写字的范烟户,意思是说:"我只看,我没有说话。"

范烟户点点头,意思是说:"这就对了。"

教书先生也很宽厚,就让杜元潮一边看着,有时还一边指点着采芹,一边有意无意地将瘦骨嶙峋的手轻轻放在杜元潮的脑袋上。

杜元潮很乐意教书先生将手放在他的头顶上,那时,他觉得教书先生也在教他。他也在念,也在写,在心里。杜元潮对这间书房有一种本能的喜欢,对读书识字也有一种本能的渴望。但杜元潮真是十分的懂事,就是默默地听着,在心中默默地记着。

采芹喜欢杜元潮在书房里待着,哪怕他一言不发。

有时,程瑶田会到书房里观摩一番,杜元潮见程瑶田来了,就会不声不响地走到一边去。

采芹不干了,就伸着手叫:"小哥哥,小哥哥……"

小哥哥杜元潮只顾往外走。

采芹就会从椅子上跳下来去追赶。

范烟户走上前去一把抓住她的胳膊。

"小哥哥,小哥哥……"采芹挣扎着。

程瑶田说:"坐到椅子上去。"
采芹跺着脚:"我要小哥哥,我要小哥哥……"
小哥哥早出了屋门,无影无踪了。
采芹哇哇大哭,再也不肯回到椅子上。
几个大人无论是哄她还是向她发威,都无济于事,哭得泪人儿一般。
范烟户望着程瑶田:"要么,我还将他叫回来?"
教书先生说:"那孩子乖巧得很,倒也不打扰。"
程瑶田说:"就把他叫回来吧。"
范烟户去了。
程瑶田对教书先生说:"你就顺便教他也识几个字吧,那孩子天资聪颖,不识几个字,可惜他了。"
教书先生说:"也好,就算是陪读吧。"
从此,杜元潮也能坐到椅子上了。但杜元潮始终不言不语,教书先生让他做什么,他就做什么,从不多嘴,也从不多事。有时,教书先生让采芹念字,采芹忘了,念不上来,他明明知道那字念什么,却决不抢着念出来。
等杜元潮与采芹下课一旁玩耍时,教书先生在与范烟户闲聊时说:"这孩子大了……"点点头,什么也没有说。
范烟户点点头,也什么都没有说。
不读书识字时,杜元潮与采芹的事情就只有一件:玩耍。一般情况下,他们不出程家大院,就在那一进一进的屋子里进进出出。杜元潮对程家那一间一间的房子,都充满了好奇。但他从来不擅自闯入,最多站在门口,悄悄地向里面张望。那些房间或大或小,但一律干干净净。不管是哪一间房,里头的陈设,都是深色的,那些椅子、茶几、衣架、盆架、架格、罗汉床、镜台、立柜、多宝格、屏风、架子床,幽幽地闪亮,都显得很沉重,没有几个人是抬不动的。杜元潮见到这些家具会有一个奇怪的感觉:扔进水里,它们都会沉下去。采芹领着杜元潮从这个房间窜到那个房间,大人们有大人们的事,似乎看到了他们,又似乎没有看到他们,由着他们到处乱窜。有时,炳嫂突然想到了自己的责任,就会叫道:"芹儿!"采芹听见了也不答应,拉了杜元潮或往门后藏,或往屏风后面藏,炳嫂往往要花很大的工夫,才能从那些房间中的某一间将她与杜元潮一并找出来。

这天,采芹将杜元潮带进了父母的房间。

这个房间,采芹很熟悉,因为三岁之前的大部分夜晚,她都是与父母一起睡在那张黄花梨木六柱式架子床上度过的。被迫分床后,她随炳嫂住到了后屋的另一房间内,但还是常常跑回父母的房间,有时还会要赖,偶尔也能够得逞,被允许再与父母一起睡到那张大床上去。

杜元潮站在房门口,迟迟疑疑地不敢进去。

"进来吧,进来吧……"采芹召唤着。

杜元潮站在这个房间门口,比站在程家大院内任何一个房间门口都更加感到好奇,也更加感到胆怯。在采芹的一次又一次的召唤下,他才撩起绣花门帘的一角,将一只脚轻轻跨进房内。他探头探脑地张望着,像一只来到陌生人家的小公鸡。

采芹进入房间后的第一个动作就是爬上那张大床。在她看来,那儿才是她的家——家中之家。以前,她在床上一玩就是半天。

杜元潮听到远远的有脚步声,连忙退了出来,直到判断出脚步声不是往这里来的,才又掀开门帘。但,依然只是一脚在门槛内,一脚在门槛外,依然只是张望。

采芹趴在床沿叫着:"小哥哥,进来呀。"

杜元潮摇摇头。

"进来嘛。"采芹招着手。

又迟疑了很久,杜元潮才将另一只脚也跨过房间的门槛。

这是一个很大的房间,里面的陈设很简洁,但又显得十分贵重。一道黑漆描绘的屏风前,放了两张紫檀木圈椅,一张紫檀木展腿式平桌,上面放了一只青花缠枝莲梅瓶。杜元潮先是看了看这些东西,接着才走到屏风后——屏风后,除了一张雕花镜台,就是那张四周都离墙好几尺放着的大床。

床前的踏板上,是采芹的一双小红鞋。

杜元潮走到屏风后,采芹已早在床上躺下了。她将面颊贴在温馨的、散发着母亲体味的枕头上。她能从气味里分清哪一个枕头是父亲用的,哪一个枕头是母亲用的。她侧过头来,看到了杜元潮,心里欢喜得了不得,但立即又转过脸去,深深地埋在枕头里,并收缩起身子"咯咯咯"地笑着,像有人要胳肢她。

杜元潮站在大床面前,再也不敢往前走动。

采芹见半天没有动静,就又掉过头来:"上来呀!"

杜元潮像走在秋天早晨的树林里,一阵风吹过来,抖落下一串冰凉的露珠,落在了他光溜溜的身子上,他不禁打了一个寒噤,脖子一缩,连忙摇了摇头。

采芹用脚扑通扑通地擂着床。

杜元潮往后退去,靠在凉丝丝的屏风上。

"上来呀!"采芹躺在枕头上叫着。

杜元潮愣着不动。

采芹坐起身,将双手捂到眼睛上,准备哭了。

杜元潮说:"到院子里玩去吧。"

"不。"采芹蹬着腿。

杜元潮磨磨蹭蹭、磨磨蹭蹭地。

采芹笑了,用手拍着另一个枕头:"你睡这个枕头,我睡那个枕头。"

外面响起了炳嫂的叫声:"芹儿!"并一路向这边找过来了。

采芹向杜元潮招着手:"快呀,我们一起钻在被子里。"

杜元潮摇摇头,样子是好像要往门外逃。

炳嫂的脚步声清晰地响起来。

采芹掀开床上的被子,一头钻了进去。

炳嫂进了屋子。

杜元潮一头钻到了床下。

炳嫂进了房间,一眼就看到了大床上散乱的被子,知道采芹藏在里面,却故意不去立即揭穿她,而一边叫着"芹儿",一边在房间里到处找着。

床下一片黑暗,杜元潮没有被炳嫂发现。

炳嫂装模作样地找了一阵,自言自语地:"小死丫头,人上哪儿了呢!"说着,走过来,猛一揭被子,"这儿藏着谁呀?"

采芹蹲在床上咯咯咯地笑。

炳嫂将她从床上抱起来:"不是说好了,不让你上这张床的吗?你又上这张床了!瞧你把床上弄得!"她顺手将床整理了一下,抱着采芹走向门外。

采芹转动着脑袋,四处寻觅杜元潮,却不见杜元潮的影子,便以为杜元潮早在炳嫂进来之前就已经跑掉了。

杜元潮从床下爬出来时,炳嫂已抱着采芹离开有一会工夫了。

四周无一点声响,屋子里一下显得十分空大。

此时,杜元潮倒不怎么胆怯了,他竟然在大床前站了一阵。

大床的四条腿十分粗硕,脚为虎爪形,整个看上去十分稳重。床围子的侧面纹饰与正面门围子纹饰为镂空的花纹。在两扇正面门围子的纹饰中,各有一只回首的兽物,其角,其尾,其四腿,巧妙地与那些旋转着的花纹连接在一起。

两个枕头,两条绸缎面的被子,静悄悄地放在床上。

采芹在外面呼唤着他。

杜元潮最后看了一眼大床,立即跑向门外。

6

初夏。

野蔷薇花败了,紫穗槐花败了,苦楝树花败了,但紫薇花开了,紫茉莉花开了,南瓜花开了,螳螂开始孵化了,刺蛾正长着翅膀,蚱蝉开始鸣叫了,热热闹闹的季节开始了。

两个孩子开始迷上了田野,只要教书先生一宣布下课,他们就往田野上跑。

一块地一块地的小麦,转眼间就变得金黄,太阳一晒,空气里弥漫着麦香。一块地一块地的大麦却还是绿的,与小麦地无规则地互相镶嵌,金一块绿一块,一块金一块绿。地头,或是槐树,或是苦楝与柳树,得了充沛的雨水和热烈的太阳,正隆隆生长,在地头积成绿的云,绿的山。

杜元潮领着采芹,出了大院,走过村巷,朝田野上跑去。

在他们即将消失于巷口时,邱子东在巷子里出现了。他朝杜元潮与采芹大声叫着,大概是因为离得太远,杜元潮和采芹并没有回过头来,继续往前跑,一忽儿就消失在了镇后的树林里。邱子东生气地扭头往回走,但没有走几步,又追了上来——没有追上,不知道是因为杜元潮和采芹有意藏了起来,还是他走岔了道,怎么也见不到杜元潮与采芹。他对着一棵大树撒了一泡尿,转身看到一个大草垛,就爬上了草垛。等他居高临下看见杜元潮与采芹时,他们已影影绰绰地走得很远了。

杜元潮与采芹手拉着手,穿过林子,穿过麦田,穿过棉花地,穿过果园……

采芹似乎是听见了邱子东的喊声,但她好像并不特别惦念邱子东,一心只想和杜元潮去看大河,去看大船,去看芦苇,去看风车,拉着杜元潮的手,跑得更快。

跑累了,他们就在一棵大桑树下停下来。

杜元潮双手抱住桑树,用力一摇,熟透了的桑葚,像一颗颗紫色的玉坠,雨一般纷纷落下。其实,地上已落了一片桑葚。它们在树上待不住了,只要风轻轻一吹,就跌落下来——即使没有一丝风,它们中间的一些,也会忽地跌落下来,在地上发出寂寞的声音。

他们蹲下来,挑那些饱满的、水灵的桑葚大吃了一通,直吃得唇紫牙紫,舌头也是紫的,两人张开大嘴互相对望时,都吓了一跳。

他们没有确定的目标,随心所欲,一只豆娘会将他们引到一条路上,而一只野兔同样又会将他们引到另一条路上。田野广阔,田野无语,田野任他们随意跑去……

7

太阳明明挂在天上,金子做的一般华贵,光芒万丈,天却下起雨来。

两个孩子没有往回跑,却朝着与镇子相反的方向跑去。他们是毛茸茸的小鸭,喜欢在雨地里奔跑,那感觉,痛快!

草垛顶上,邱子东终于见不到杜元潮与采芹了,在嘴里骂了一句:"狗日的!"——当然,他只是骂杜元潮。他从草垛上滑溜到地上,然后沿着巷子,缩着脖子,冒着雨回家了。

杜元潮与采芹手拉着手,在雨中不停地奔跑着。

太阳晃晃悠悠在天上浮动,雨却下得有声有色。整个天空,像巨大的冰块在融化,阳光普照,那粗细均匀的雨丝,一根根,皆为金色。无一丝风,雨丝垂直而降,就像一道宽阔的大幕,辉煌地高悬在天地之间。

这是一个爱下雨的地方,下各种各样的雨。

他们奔跑着,被他们的小小躯体所碰断了的雨丝,仿佛发出金属之声,随即在他们的身后又恢复了原先的状态。天在织布,织一块能包天的布,金布。

这雨地里,除了几头吃草的牛,似乎就只有这两个孩子。

他们的衣服已完全淋湿了,紧紧地裹在身子上,头发被雨水冲刷后,贴在脑门子上。雨凉丝丝的,使他们感到非常的惬意。滑倒了爬起来,爬起来再跑。奔跑使他们感到十分的刺激。采芹的一双小红鞋已经跑掉了,此刻,杜元潮正一手一只替她拿着。

天空完全是透明的,金幕万道,但却一目万里。

芦苇、树木、花草,被雨水洗尽尘埃,色泽新鲜,并都泛着淡金色的亮光。

几只乌鸦在雨幕中穿行,翅膀的边缘也镶了金边。

他们咯咯咯地欢笑,用手在眼前不停地挥舞着,仿佛在撩开永远也撩不尽的金丝金缕。

有风从大河上吹来,一时金线乱舞,风大时,雨丝碎成纷纷流萤,又如金屑在空中四处飘扬。

他们喘着气,像两个小疯子。就是两个小疯子。

后来累了,就在一个很大的荷塘边的老槐树旁停下了。

这棵老槐树枝繁叶茂,冠如巨伞,直径竟有五六丈。说来难以令人置信,这"伞"下除了很少几处有雨滴外,大部分的空间里,竟不见半星雨丝。

一塘荷叶,经雨水浸润,清香随风飘入四周。

两个孩子感到身上有点儿凉,心里有了回家的念头,但朝"伞"外一望,却是万重的雨,知道一时回不去,也就不再想着回家的事。采芹既凉,还有点儿怕,便紧紧地挨着杜元潮。

杜元潮说:"脱掉衣服,就不凉了。"说完,就将衣服从身上剥下,晾到了一根垂挂下的树枝上,果然觉得暖和了许多。

采芹却一时没有脱掉衣服,用胳膊抱住自己,微微有点儿抖索。见杜元潮真的是一副暖和的样子,这才羞羞答答地脱掉上衣。又犹疑了一会,将裤衩也脱下了。她微微弯着身子,更紧地抱住了自己。

光溜溜的杜元潮刚开始还有点儿不好意思,但没过一会儿,就很舒展地在老槐树下玩耍起来。

天地间,大树下,荷塘边,草地上,一个男孩,一个女孩,竟忘记了家。

而这里,却一时成了他们的家——安静的家。

他们在大树下奔跑着,蹦跳着,哼唱着,或者是大声地用教书先生教给他们的腔调,背诵着那些先生教给他们而他们其实并不懂的诗文,但现在,那节奏,那旋律,却比在程家大院的那间书房里诵读时更让他们喜欢。

纯净的童声飘荡在雨幕里。

他们蹲在塘边。

凉匝匝的水中,荷叶的阴影下,有鱼儿在游动;一些金黄的螺蛳吸附在荷叶的茎上,看上去煞是可爱。杜元潮轻轻一摇动荷叶,鱼一忽闪不见了,而螺蛳也从荷叶的茎上脱落下来,一闪一闪地沉入宝石蓝的水底。

也不知是雨洗亮了太阳,还是太阳照亮了雨,太阳是愈来愈金金,雨丝也是愈来愈金金。

两个孩子竟然还是想不起来回家。他们在"伞"下不住地说着只有他们自己才能听得懂的话,忘记了一切,似乎偌大一个世界,就只有他们两个。

他们是两只鸟,两只小鸟。他们是两只猫,两只小猫。

田野上也确实空无一人。

雨落在荷叶上,笃笃笃地响着;雨落在草上,沙沙沙地响着;雨落在水里,叮咚叮咚地响着;雨落在树叶上,扑答扑答地响着。

采芹玩着玩着,突然说:"我做新娘子,你做新郎倌。"

杜元潮想了想:"好,我做新郎倌,你做新娘子。"

"我做妈妈,你做爸爸。"

"好,我做爸爸,你做妈妈。"

杜元潮采了两柄特别大的荷叶,再用一根小树枝往地上戳了两个洞,将荷叶长长的茎插入洞中,然后对采芹说:"你先躺下吧。"

采芹就在荷叶下的草地上躺下了。

杜元潮也躺下了,在离采芹的身子半尺远的地方。

两片荷叶,成了这对小人儿的华盖。

他们忽然不再说话,天真无邪的眼睛睁得大大的往上看——看到的是在微风中摆动的荷叶,那荷叶是半透明的,有一道道的筋,像枝枝蔓蔓的血管一样,在流动着绿色的血液。

他们靠在了一起,双方的肌肤都凉丝丝的。

天底下,除了雨声,还是雨声。

"我是新娘。"

"我是新郎倌。"

"你是新郎倌。"

"你是新娘。"

"我是妈妈。"

"我是爸爸。"

"你是爸爸。"

"你是妈妈。"

采芹说:"天黑了,睡觉了。"

杜元潮也说:"天黑了,睡觉了。"

"谁也不许说话。"

"谁也不许说话。"

他们都闭上了眼睛。

金雨潇潇,依然下个不停。

杜元潮假装睡着了,学着大人,夸张地打着呼噜。

直溜溜地躺着的杜元潮,像一条并拢了双腿的青蛙。

直溜溜地躺着的采芹像一条形体秀气的鱼。

不一会儿工夫,这两个玩累了的孩子,却真的睡着了。

8

程家大院的人正进进出出地找他们。没有人看到他们走出大院,都以为就在院子里,因此开始寻找时,没有一个着急的,等将各个房间各个角落都找遍了也未见他们的踪影时,便有点儿慌了:这一天的大雨,两个人跑到哪儿去了呢?便纷纷跑进雨地里,在巷子里呼唤着:"芹儿——!"也顺便着呼唤杜元潮,众人都觉得此时此刻,采芹肯定会与杜元潮在一块儿。范烟户派人去了田野上,看看两个孩子会不会在杜少岩身边,但杜少岩说,他根本就没有看到两个孩子到田野上来过。忽然想到邱子东,便有人立即去了邱子东家,邱子东说:"我知道他们在哪儿!"领了人就往镇后跑,然后爬上大草垛,往远远的地方一指:"他俩往那儿跑了。"众人一听,有点儿害怕,因为那个方向,是条大河。这一带人家最担心的就是小孩溺水,于是在一片的呼唤声中,人们吃通吃通地往邱子东指的方向跑去。

程家大院的几个人找到杜元潮与采芹时,他俩睡得正香。

炳嫂她们几个将采芹抱回家中,给采芹换上衣服,让她继续睡觉后,都来到堂屋,那里,程瑶田夫妇早已坐在椅子上,两人脸色都冷冷的。

炳嫂一五一十地描绘着她所见到的情景,并颇为愤愤。

范烟户却说:"你说重了。"

炳嫂身子一直:"怎么说重了?"

旁边几个人正要说话,程瑶田挥了挥手:"你们都去吧。"

与此同时,杜元潮正在田野尽头的一间看风车的小草棚里。他是被杜少岩背到这里的。

当天傍晚,范烟户派人将杜少岩叫了来,说:"从今天起,你们父子俩就不再住程家大院了。老爷说,村后有两间草屋,原是冬天给牛住的,现在就归你们了。野风车旁有块地,地不算好地,但也是地,也是能长庄稼的,老爷说,你为人老实,为程家干活,从不惜力气,也送你们了,日后你们父子俩总不至于饿着肚子。这里,你的工钱也都已算好,老爷还让多算了一些。"说着将桌上的钱推到杜少岩面前。

杜少岩弯着腰:"老爷他仁慈,我一辈子记着老爷的。"

范烟户轻轻一抱拳,微微一弯腰,一句话没有再说,转身走了。

已有人将杜少岩父子的东西收拾在两只竹箩里,这时担出来,放在了门外。

杜少岩僵直地站了一会儿,转过身去,走出门外,挑起两只竹箩。

院门外,杜元潮正在躲雨,见杜少岩挑了两只装了他们家什的竹箩,好生奇怪。

杜少岩一言不发,走过来,拉住杜元潮的手,继续往前走。

杜元潮微微挣扎着,掉过头来望着程家大院。

走到镇头,杜元潮问:"我们去哪儿?"

杜少岩不作答,只是紧紧抓住儿子的手。

"我们为什么要离开?"

杜少岩的步伐越跨越大。

"我们为什么要离开?"

杜少岩松开了杜元潮,紧接着,抡起厚厚实实的大手,一巴掌扇在儿子的脸上。

杜元潮满眼直冒金星,差点跌倒。他望着父亲,眼中一下汪满了泪水,声音更大地问道:"我们为什么要离开?"

杜少岩放下竹箩,抡圆了胳膊,随即一记更沉重的耳光响彻于雨中的巷口。

杜元潮眼前一片昏暗,向后一个劲地跌去,直跌到又高又陡的河坎上。杜元潮在河坎上骨碌骨碌地向下急速滚动着,最后滚进了大河,激起一大团水花。他呛了几口水,一把抓住了岸边的草,挣扎了好一阵,才从水中爬到岸上。

他呜呜呜地哭着:"我……我们为……为什么要……要离开?!"

从此,这个口齿伶俐的孩子,有了口吃的毛病。

杜少岩站在岸上,看着儿子像条落水狗,水淋淋地向岸上艰难地爬着,眼睛模糊了,仿佛眼前是又稠又浓的大雾。

半轮残阳之下,<u>丝丝金雨</u>,开始变得越来越淡……

海 牛

1

他家要买牛。

这里往西三百里是芦荡,往东三百里则是大海。这里用的牛分两种,从芦荡引回来的叫"荡牛",从海边引回来的叫"海牛"。荡牛躯壳瘦小,力气单薄,一个小小的石磙子就会拖得它直喷鼻子,嘴边光泛白沫,肩胛像沉船一样倾斜下来。这种牛使人很有点儿瞧不起。"嘻,荡牛!"连孩子们都常用大拇指按住鼻子,不断扇动其他四指,表示深深的蔑视。只有一点好处:价贱。海牛是海滩上野放的牛,啃啮海滩上的芦苇长大。这种牛骨架高大,体格健壮,脾气如同它身边的大海,暴烈、力大无穷,沉重的铁犁插进再硬的泥土,它也能拉起撒蹄飞跑,溅起一团团黑色的泥浪,累得扶犁的大汉气喘吁吁、大汗淋淋。这牛往那儿一立,就显出一股昂然之气。握着这种牛缰绳的主人,脸上则会显出一派矜持和傲气。

他家有了一片地,一片荒地。

祖母说:"我要给孙子买条牛。"

买海牛。

祖母颤颤巍巍地捧着藏钱的黑陶罐,问他:"真不念书啦?"

"我已经说过了,没考上高中。"

祖母是个十足的瞎子。但此刻,她的眼睛里却分明透着疑惑:老师曾不止一次上门向她夸耀过她孙子的成绩,怎没考上?

他的头因为难过而低垂……

天底下,他唯一的亲人就是瞎祖母。父亲在他三岁时暴病身亡。仅隔一年,母亲又得病去世了。母亲下葬的那天,祖母把像小鸡雏一样哆嗦着的他紧紧搂在怀里。坐在妈妈的棺材远去的路口,她用手抚摸着他柔软而发黄的稀发,凄苦的面孔冲着阴沉的天空,只对他说一句:"别怕!"

瞎祖母,独自一人,居然把他利利落落地拉扯到十五岁。

现在她衰老了。

那天,她捶着搓绳用的稻草,捶着捶着,榔头从她无力的手中滑脱出来,砸在了另一只发僵的手上,皮开了,紫黑色的血从手指缝里一滴连一滴地落在金色的稻草上。她哆哆嗦嗦地摸起榔头还要捶,他一眼瞥见了血,跑过来抓起了她的手,用嘴唇轻轻地吮净了她手上的血迹:"你怎么啦?"祖母眨着眼睛,笑了笑:"榔头掉下来了。"他第一次仔细地打量着祖母:她的两个瘦削的肩胛高高耸起,麻网似的一头白发飞张着,暗黑色的脸上布满横七竖八的皱纹,牙齿脱落了,两腮瘪陷下去,嘴角承受不住面颊肌肉的松弛而低垂,双手的骨节变得粗大,弯曲着,不易伸直,也不易收拢。

她的身后堆着一堆草绳。

他松开她的手,拉过绳看着:她的手由于缺乏足够的力量,绳子搓得十分稀松,像根软带子。他双手捏着绳子一扯,那绳子便分为两股;而在过去,由于绳子带着一股含蓄的力量,立即会拧成麻花。人们总是夸祖母的绳子:"像根铁条似的。"

现在,她的绳子大概卖不出去了,身后竟堆了那么高高的一堆。

他丢下绳子,垂头走到阴凉的河边。

第二天,他把闭着眼睛都不会做错的题目,错得一塌糊涂……

"你怎么会考不上呢?"祖母盯着他。

他说:"把你攒的钱买条海牛吧。"

祖母从未见过自己一口饭一口水抚养大的孙子究竟长成了什么样子。她伸出手去,在孙子的身上摸着。

他有点儿不好意思。

他的身体还没有发育成熟,单薄得像片铁片,脖子、胳膊、腿,都是细长的,胸脯还是孩子样的扁平,但挺得很直,很有力感,眼睛既深又亮。整个儿看上去,像是一把过于锋利的刀削出来的,瘦,而有精神。

祖母把黑陶罐递给他:"够买一头牛啦。"

"数数吗?"

祖母摇摇手。十几年里,她无休止地搓着草绳,卖掉,一分一分地投往黑陶罐。这钱一分一分,不是从她的手上过的,而是从她心里过的。她忘不了这个数目:七百块!

"就请你德魁大叔帮咱下海牵回头大牛来吧。"祖母被这件大事所激动,所兴奋,显得精神蓬勃,那对瞎眼似乎也在熠熠发光。

"干吗请人呢?"

祖母摇摇头。她舍不得,也不放心让她唯一的、才十五岁的孙子去干这样艰辛的大事。去,坐汽车一天;回,得赶着牛,日夜赶路也得三天。再说,她是一个瞎子,和孙子合用一双眼睛,她也离不开他。

"我看不见,烧呀煮的,一个火星进到干柴上,这茅屋……"

他不吱声。晚上,他把祖母托付给好朋友们,夜里,带着钱,悄然离开了家……

2

海边的人一律用惊奇而又不信任的目光迎接了他:"买牛?就你?"

"不缺你们一分钱的。"依旧带着稚气的脸一阵腓红,他用十分硬气的话呛得那些海边的人面面相觑。

一个皮肤闪着古铜色光泽的大汉站在他面前。他的腿,短而粗,宽阔的肩膀,平直得像条木杠,胸脯厚得像堵墙,胳膊上的肌肉隆起,形成两个球形,一双小眼,透出一股海边人才有的野蛮。他嘲弄地一笑,把他带到海滩。

一片粗硕的芦苇,郁郁苍苍。茅草在海风中抖索。透过芦秆的空隙,看见大海在闪光。乍看,海滩是沉寂的。但大汉一声轰雷般的吼叫,芦苇丛中卧伏着的牛被惊起了,宛如一座座黑色的山峰平地突然升起。随着大汉又一声吼叫,那些山峰运动起来,聚向一处,朝远处的大海边凶猛地奔腾,芦苇在劈开,在折断,在牛们的践踏中发出"咔吧咔吧"的爆裂声。

大汉拉了他一把,用粗臂分开芦苇,跟着追去。

他紧紧地跟上。

牛群被一直逼到海与芦苇之间的一块空白的褐色地带,挤成一团,潮湿的海滩上留下无数混乱的蹄迹。

大汉坐下了,只给他一个脊背:"喂,要哪一头?"

他没有立即回答,用大得出奇的眼睛望着这令人激动不安的牛群。那些牛的一对对凸眼,琉璃球一般发亮,透出一股不可拘束的野性。被海风吹成金黄色的牛毛,在阳光下闪烁。牛蹄坚硬的叩击,震得海滩微微发颤。

那是一块块铸铁,一个个走雷,一团团力量。

"到底要哪一头?"

他仍然不作回答。十五岁了,十五岁的人办事当然得有几分样子了,得稳重、老练。

青灰色的天空,与远处的海水连接在一起,又猛然朝这边人的头顶上方高高地飞腾上去。一团团铅色的云,仿佛是远处的波浪腾入天空,被风推着,直朝人的头顶上方漫涌过来。无涯的大海汹涌沉漭,发出一片惊心动魄的澎湃之声。一排排巨浪,朝岸边滚动着,浪脊巍然耸起,形成一道道暗绿色的拱墙,压过来了,轰然摔在沙滩上,"哗哗"崩溃了,留下一片白沫退下沙滩,又一道拱墙耸起,倒下……

他竟忘了他是来买牛的,久久地看着猛烈、癫狂的大海,转而又看着那群风餐露宿在海边、听着涛声长大的雄壮大牛。海风不住地掀动着他垂挂在额头上的粗硬的黑发。

"你还买不买了?"大汉说。

他站起来:"我要最高、最大、最凶的那一头!"

大汉古怪地一笑,朝他点点头。

他立即毫不含糊、报复性地也朝对方点点头。

大汉从地上弹起,朝牛群冲去。牛群炸了,四处奔突。一头小牛犊跌倒了,"哞哞"地惊叫着爬起来又跑。"嗵嗵"的牛蹄声汇集在一起,变成"隆隆"的巨响。

他的眼睛紧紧盯着一头鬃毛亮得发黑的大牛紧追不放,牛闪电般地从他身边不断闪过。

他站着不动。

那条大牛直朝大海扑去。在蓝白色的浪峰和高阔的蓝天映衬下,这家伙显得十分威武。

"就是它!就是它!"他在心中叫着。

大牛冲到了海里,一排浪头打过来,它忽地消失了。当海浪在它身上碰成碎沫散落后,它昂首天空,响起重浊的"哞哞"之声。那声音和飒飒波声融合在一起,让人心颤。

大汉追了过去。它沿着海边浅浅的潮水疾跑,溅起一路水花,一直溅到大汉的脸上。大汉急了,解下挂在腰里的一圈绳索,"呼"地飞出去,绳圈不偏不斜地套在它的颈上。大牛把大汉拉倒了,但它也双腿跪在了沙滩上。不等它跃起,大汉已一跳而起扑上去骑到它颈上,用手抓住自它幼年时就穿在它鼻上的铜栓。大牛站起来继续跑动,并用力甩着脑袋,企图把大汉甩落下来。大汉一手死死抱着它的颈,一手迅速地在铜栓上扣上了绳子,然后抓着绳子的另一头往旁边一跳。缰绳一下绷直了,那牛从鼻子里发出一阵痛苦得叫人难受的嘶鸣,以大汉为圆心,蹦跳着打着圆圈。大汉慢慢收紧绳子。它暴躁地跺了跺蹄子,用犄角掀翻了几块泥土,终于站住了。

大汉气喘吁吁地牵着它走向他:"喂,行……行吗?"

他望着它:眼睛呈黑色,鼻吼喷出的气流冲倒了两旁的野草,一对如大象巨齿一般的犄角,有力地伸向两侧,然后拐了个很优美的月牙弯儿,角质坚硬,闪着黑光,角尖锋利得叫人担忧。它的身体仿佛是金属的,用巨锤砸出来,胸脯宽阔,胸肌发达,显出一团团强劲的肉疙瘩,脊背的线条几乎是用刀削出的一条直线,粗长的尾巴一刻不停地甩动着,发出"叭叭"的声音,把芦苇打得七倒八歪。

有那么片刻的时间,他有点儿胆寒了,用双手抱着肩。然而,当看到大汉那逗弄的目光时,他说:"回村吧。"他的声音分明在发颤,麻秸般的细腿禁不住在抖动。

显然,大汉看到了。大汉笑笑,把牛牵到村里。

众人围过来观看着。

大汉问:"你真要吗?"

"我已说过了。"

"七百块钱。"大汉把众人商定的价格告诉他。

他立即用手抓住了用绳子拴在脖子上的钱包,紧张地望着大汉。

"有这么多的钱吗?"大汉咬着厚嘴唇笑笑。

他又望着众人,钱在手里攥得更紧了。

大汉吹了口气,对大家说:"算了,让它重回到海滩上去吧。你们就不想想,大人们怎么会把哗哗七百块票子搁在这么个小毛头身上?我只存心拿这个小蛋儿开开心罢了。"大汉又转向他,"喂,你长这么大,才摸过几个钢镚儿呀?你数数能数到七百了吗?啊?你买牛?去,还是找孩子和小狗们玩去吧!哈哈哈……"说完他就要解掉牛绳。

那些海边的人都张嘴大笑:"哈哈哈……"

他一把抓住牛绳,用尖利的牙齿一口咬断线绳,把钱包丢在地上。

"嗨!"大汉闭起一只眼睛看着他,像瞄准什么似的。过了一会儿,他捡起钱包,举在手里,朝众人:"你们看呀!"当他见到厚厚一沓票子时,脸刷地红了。

他讥讽地耸了耸鼻子。

大汉不住地用手指蘸着唾液，点完钱，他尴尬地笑着。

他睥睨了大汉一眼，牵着牛，拨开人群就走。

一位老汉拄着拐棍，说："他能把这个畜生引回家吗？去个人，帮他送回去。"

大汉追上去，不再嘲弄，一派诚意："好样的，小老弟！我喜欢你！不过我还得帮助你把它送回去。"见他不搭理，大汉连忙说，"不是瞧不起你，这牛太凶！你……你没有这把力气。"

"我能！"他紧紧地牵着牛绳。

说也怪，那家伙不躁也不怒，温顺得像匹母马似的跟着他。

"那你身边还有钱回家吗？还还价吧！"大汉说。

他回头看了看大汉："有。"走了几步，他又回过头来，用手在嘴边做成喇叭，"大叔，你刚才逮牛可逮得真好看——！"

这声音在旷野荒郊上飞扬。等袅袅余音消逝在苍茫里，荒原一片静穆。他们长时间对望着。然后，他深情地一点头，掉转身去，沿着大路，向西走了。牛在盐迹斑斑的黄泥路上烙下一个又一个深深的蹄印。

大汉向他不断地摇动着手，一直看着他和牛消失在漠漠的荒原上……

3

在这头雄壮的公牛对比之下，他显得更加弱小。谁见了都会有这样的担心：一旦这公牛暴躁，卷起旋风来，就会将他轻而易举地挟裹、抛掷到任何角落。他觉察到自己在焦急不安地等待着什么,然而,整整一个上午都没有发生任何异常迹象。那牛一声不响地跟着他。当他转过头去察看它那双凸出的眼睛时,他忽然从那种安静里感到一种不祥,一种潜在的危机。他心里感到气虚,有点儿信不过自己,甚至有一种不期而然的恐怖感。他开始有点儿懊悔:为什么一定要挑选这头牛呢?

他很想哼一支歌。但他不会唱歌。

下午,它终于开始找他的麻烦了。它显出再也憋不住的恶相,喷着响鼻。他心一紧缩,不由得抓紧牛绳,并不时地掉过头去观察它。它的脑袋烦躁地甩了一阵,往胸前用力一勾,鼎立着不走了。

他拉了拉牛绳,它纹丝不动。

"不走吗?"他用威胁的口气说。

牛倔犟地挺立在原地。

"你等着!"他觉得该立即给它一点厉害看看,让它睁眼认识认识他。路还长着呢,任它这样下去还得了?他顺手从路边树上扳下一根树枝,"走还是不走?"

不走。

"好啊!"他用警告的口气,"再不走,我就要抽你了!"

它极为傲慢地一甩脑袋,把他拉到了路边。

他打了一个趔趄,急了,挥起树枝就抽,它先是忍着,任打不动,突然猛然往前一跃,把绳子从他手里拽出,沿着大路飞奔而去。

"站住!"他赤着双脚,拼命地追赶上去。

它根本不顾他的呼喊,身体像海浪一样颠簸着猛跑,后蹄不住地向后抛着泥花。

"站住!"他被土疙瘩绊了一下,重重地栽倒在地,摔得满眼闪着金星。他用胳膊支撑起身子。他额头满是泥土,面颊擦破了,鼻子也流血了。他望着在他面前腾跃的大牛。他看不见它的脑袋,只见两根半截牛角、四只不停地向后掀动的蹄子和一堵墙似的臀部以及飞在空中的大尾。他是趴在地上仰看的,那跑动中的牛也就越发显得庞大、气派。他用手背擦去鼻下的血,用欢呼的声调叫着:"站住!"他跳了起来,撒腿猛追。

不知追了多远,牛突然站住了——过一座水泥桥时,牛绳正巧在两块水泥板的缝隙里被卡住了。

他喘着气笑那牛:"跑呀,你怎不跑呢?"

他又抓回了牛绳。他揍了它一顿,然后,轰它急急忙忙地赶路。一个下午,一会儿走,一会儿跑,一会儿拽,一会儿推,不住地吆喝,不住地咒骂,不住地流汗,不住地喘息。

夜慢慢笼罩下来。他两腿拖不动了,把牛紧紧地在树上拴好后,身体顺着一棵老树的树干溜下,软绵绵地躺在草地上,干咽着奶奶给他做的干粮。

天空没有一丝云彩,月亮和星星照耀着村庄、田野和河流,空气是透明的,能看出很远,近处,甚至连草茎都依稀可辨。不远,是条大河,水色茫茫。除了"豁啷豁啷"的流水声在夜空下传播着,整个荒原竟无一丝声息。

此刻,是这一天里面出现的最安静的时候。

夏末的夜已颇有几分凉气,加之又在生疏的异乡荒野,他无法入睡。仰望星空,他想:家在哪一颗星星下面呢?奶奶还在搓绳吗?

祖母为了她这个孙子,不分寒冬溽暑,搓了十几年的草绳,捶草的石头被捶出一个凹坑。她的手磨去一层一层皮。有时生活拮据,她会一宿坐在凳上,直搓到四方大亮。刚刚长出新皮的手又被搓破了,渗着鲜血,他见了想哭。祖母说:"别怕!"至今她搓的草绳一根根接起来该有多长呢?

他开始想念祖母。

牛卧在地上,它也在仰望着星空。夜色里,那两只眼睛,闪着生动的光彩,两只犄角显得更长,更美。月色在它迷人的黑色的剪影上笼上银色的光圈。

他挪了挪身子,挨近了它,倚在它光滑的身上,用后颈亲昵地摩挲着它的身体,望着星空,心里充溢着甘美的幸福:奶奶,等我和牛!

他猛然想起祖母一日三顿的烧煮,心一下紧缩了:不会有火星迸到干柴上吧?……

时间在黑暗里无声无息地流动着。不知什么时候,远方拍击河岸的水声,在他的听觉里,变成了祖母捶草的榔头声——几乎每天夜里,总是这榔头声将他带进梦乡——他垂下眼皮睡着了。不知什么时候,他又被冻醒了。河上吹来凉丝丝的夜风,他浑身哆嗦,用胳膊紧紧抱住身体。一想起祖母,他立即跳起来,解开牛绳:赶路吧!

月光颤动着,广阔自由的夜风,吹在远处几株黑色的、弯曲着奋力向上的毛榉枝头,发出嗯哨声。灌木林的顶上闪着亮光。似乎在很遥远的地方,有个赶牛车的或是守风车的老人,为了打发寂寞在哼着一支没词的古调,声音苍哑缓慢,摇曳不定。

不知什么时候,月亮沉没了。荒野变得朦胧、幽邃。芦苇、树木、水泊,一切,都变得虚幻,让人捉摸不定。远处,发绿的磷火宛如幽灵在徘徊。荒原的精魂在整个地带的上空徜徉叹息。

他紧紧地挨着牛。

牛用鼻子往他手背喷着热气。

尽管他不会唱歌,但他还是哼起了小曲,带着童音的、单薄的声音在夜空下荡漾着。

河上没桥,摆渡人在酣睡。望着迷蒙的大河,他犹豫不决。祖母会不会把火星迸到干柴上?这个鬼问题像水草一样死死地纠缠着他。他立即把牛赶进水里,自己骑到牛背上。牛朝河中游去,发出划过细浪的漠然的潺潺声。很快,它的身体被河水淹没了。他的下身也都浸到了冰凉的河水里。

星星变得朦胧,遥远的对岸闪烁的灯光渐渐泯灭了——雾开始弥漫过来。发白的河水渐渐变黑了。

他想退回岸边,可是,拳头却在不停地催牛泅渡。

雾光是透明的,犹如轻纱在飘动,而后渐浓,仿佛一垛燃烧的湿木柴飘出的烟,涌过来,滚过去,翻腾,追逐,再后来——当牛游到河心的时候,雾已浓得厚实、沉重了。天地间顷刻间被大雾封闭,不透一星光亮。无边无际的雾,向这个泡在水中年方十五的他扑将过来,缠裹着他,压迫着他。水声在雾里变得十分空洞。他的心不禁骤然收紧了,突然觉得自己的身体被大雾挤压成一个可怜巴巴的小点点。他环顾四周——被围困了!他下意识地推动了几下——在这软体但又推不开的雾面前,他完全无能为力了。

风渐大,从北方的旷野上刮来。大河开始晃动,掀起浪头,发出"哗哗"的扑击声。湿雾弥漫的半空里,水鸟发出凄厉的叫声。牛像一叶扁舟在看不见的波浪中游动,水浪不时被牛角击碎,变成无数水珠,分别从左边和右边朝他脸上纷纷泼来,一会儿工夫,他的衣服就完全被打湿,紧紧地裹着他瘦削的身体。

他长到十五岁,从未经历过这样的大雾,更何况是在一条似乎无边的大河之上。他充满恐惧的双眼紧盯前方——没有物体,没有亮光,没有一丝生气,什么也没有。当一个黑色的浪头整个儿扑在他身上时,他闭上了眼睛。他真的有点儿后悔了:我不该自己来买牛的。

牛不住地扇动着耳朵,发出呜咽声。

他彻底害怕了。他仰望天空:星星呢?他希望有一颗星星,哪怕只发一丁点光亮。他由自怜变为气恼,由气恼变为莫名的愤怒。这孩子突然无缘由地迁怒于安息在天国的父亲与母亲:你们为什么死那么早?为什么死那么早哇?!

雾像没有形状的怪兽,翻腾着,澎湃着,把他扑倒在它的腹下搓揉着。他忽然索索发抖,继而站在牛背上,挥动着两只瘦长的胳膊,向着苍茫,用尽力气呼喊:"奶奶——!"

仅仅这一声,他的声音顿时沙哑了,浑身的力气爆发得一丝不剩,软乎乎地伏到牛背上——此时此刻,他只有这头牛了。

当他睁开眼睛时,天已亮,牛站在高高的河堤上。他掉头一看,橙色的朝霞映照着变得明亮而平静的河水。

牛长长地吼叫了一声,划破了荒原之晨的宁静。

4

这是往回走的第二天,干粮已经吃尽。饥饿、寒冷、恐惧、与牛不断的角力,使他身躯里的力量几乎消耗殆尽。他的心开始发慌,冷汗淋漓,嘴唇灰白,两眼发黑,双腿如雪地中初生的羊羔直打哆嗦。他的脚底板也早已磨出血泡。而此时,牛方才显出真的要他好看的架势。这畜生像蓄谋已久似的,要专等他力气耗尽了再施展自己的威风。它伏在地上,不管他怎么催赶,死活也不肯爬起,那条大尾巴来回甩动,把地面扫出一个坑来,弄得尘土飞扬。而当他坐在路边准备喘口气时,它却跃起,向前突进,逼着他只好爬起来追赶,它一会儿冲上满是瓦砾的路,让尖利的瓦片刺得他脚板钻心疼痛,一会儿冲入水中,逼他把刚刚晒干的衣服浸湿。它由着性子折磨它的主人。它现出了一条真正的海牛才有的凶顽和野蛮。

渐渐地,他没有力量制约它了,只能受它任意摆布,他咬着牙,跌跌撞撞地跟着它。几次摔倒又几次爬起。他张大嘴巴,急促喘息,脸色蜡黄,两眼发黑。嘴唇由于体内水分严重散失而破裂,流着鲜血。好几次,他以为自己再也不能把它赶回家了,想就此松掉手中牛绳,任它跑去好了。

乌云又开始飞涨。先是小风,顷刻间,大风便呼啸着掠过田野,卷起枯藤萎蔓直入天空,冲击波使四周发出尖厉的树木折断声。他被压得抬不起头,只能侧着身子,用胳膊挡住眼睛赶着牛。掉雨点了,满是尘埃的土路扬着灰尘,如同飞驰过一群野马。他抬头看了看面目狰狞的天空,要把牛牵到躲避风雨的地方。它像是好不容易捞到一个最利于它撒野的机会,死活不肯依允主人,用前蹄抵着地面。转眼间,暴雨来临。锯齿形的电光割开天空、和着惊雷,它兴奋得"哞哞"高叫。雨猛得像是一只怒不可遏的手泼浇下来,斜射下来的雨柱,组成了一道密不透亮的雨墙,四周白茫茫,一个水的世界。雨喷洒着,迸射着,淹没了一切。闪电不断落进河流,发出熄灭的"呼嘘"声。

雄浑而险恶,壮丽而残暴。

他睁不开眼,"哗哗"倒下的雨水,呛得他透不过气。风用无形的犄角恶狠狠地袭击着他,简直要把他席卷而去。他抓着牛绳,艰难地赶着牛。它开始一跃一跃地前进,后蹄溅起的泥水,溅了他一脸,刚被大雨冲刷干净,又溅了一脸。它还不时地甩尾巴抽打他。他只好忍着,因为,他已完全丧失了惩治它的力量。看来它下决心要他松开绳子,越跑越快。焦干的黏土一经雨水,变得泥泞不堪,黏胶一般,每走一步他都要咬紧牙关。他不时地张着嘴巴,往肚皮里吞咽着雨水,好增加点力量来紧追它。他又跌倒了,被牛拖出去五米远。它站住了,半天,他才从泥水中挣扎起来。他要改变一下他和它的关系,用尽力气跑到了它的前头,想由原来的追赶变成牵引。

牛暴躁起来,猛地一甩脑袋,只听见"叭"的一声,绳子断了!

他仰跌在地上,等他爬起来,牛已经消失在重重雨幕里。他急得乱转,大声呼唤。牛叫了,估摸在左侧五十米远的地方。他掉头追去,不知追了多久,才依稀看见它的身影。他怕自己倒下,从路边抓一根棍子拄着,两眼紧紧地盯着前方一团黑乎乎的影子——他的牛!

他恨自己竟被一头牛弄成这样。

大牛挺立在暴风雨里。

他一直爬到它眼前。他用手捂住了眼睛,向牛哭泣起来。

雷声隆隆,大雨滂沱。大牛神态傲然,对他置之不理。

他望着它,啜泣着,呜咽着。

天气继续恶化。突然,他跪在了它的面前!

大牛昂首天空,"哞哞"两声。接着它掉转头去,朝着大海的方向!

他依旧木然地跪在雨地里。

它越走越急,好像要立即回到大海边。

他挥着双拳大声呼叫:"滚吧!滚吧!快点儿滚吧!"骂完了,他跳起来,以他自己都不能相信的速度狠追过去。牛蹄在泥水里发出"啪嗒啪嗒"的声响。它冲下大堤,他跟着冲下去。冲到半腰他滑倒了,骨碌碌直滚下去。沿着河边追逐了一阵,它又冲上大堤,然后掉头嘲弄地望着他。

他又一次跌趴在泥泞里,双臂伸开,两手无力地抓着泥巴。他感到脑袋十分沉重,脸颊贴着冰凉的泥水,闭合上眼睛……

祖母在过桥。冬天,只一尺宽的木桥落满雪花,被冻成寒光闪闪的冰桥。祖母背着沉重的一大捆草绳,在高悬于冰河上的桥上爬行着。冰桥发出"咯吱咯吱"的声音。她要去镇上卖草绳。他恰巧来到桥头,吓得一口咬住指头。他不敢喊叫,也不能过去搀扶——那样更危险。祖母爬呀爬呀,用老手紧紧抓着冰桥锋利的边沿,一寸一寸地挪动。寒风掀动着她的苍苍白发和发白的老布衣。泪眼婆娑,使他看不清祖母,只模糊地见她背负着小山一样的东西移动过来。祖母终于越过了冰桥。他连忙扶起她,只见她满额冷汗。"别怕!"她总是这么说……

他到底用胳膊支撑起身体,仰望着大堤上的牛。它一动不动地侧卧着,踌躇满志地对着苍茫的天空。朦胧的雨幕里,它显得十分庄严,宛如一尊河神。

它挪了一下蹄子,哼了一声。

他高兴而轻蔑地乜了它一眼。

由于暴雨,河流凌乱无章地翻滚着黏土、树干和杂草,疾速流动着。他趴在河沿上,"咕嘟咕嘟"地喝着水。岸边的芦苇根上附着虾。极度饥饿使他见到那些虾而嘴角流下馋涎。他伸出手去,一把狠劲地抓住两只,一口一只吞进肚里。抓着,嚼着,吞着,带着一股野蛮的劲头。他吃饱了,站起来歇了口气,觉得自己又有了点儿力气。

他卷起裤管,依然瞪着它,眼睛里闪动着狠巴巴的亮光。当牛刚掉过头去时,他沿着陡峭打滑的河堤坡,三下两下冲上了河堤顶,一阵冲刺,他用手抓住了牛的尾巴。牛往前一蹿,他摔倒了,可他没有松手。牛拖着他,并用后蹄踢他的肚子,他死死抓住牛尾,身体在泥泞中拖过,瓦片划破了他的衣服,也划破了他的膝盖。"拖吧!拖死我也不松手!"他闭着眼睛,准备它一直不停地拖下去。除了两只眼睛,他身上、脸上、头发上已满是泥巴,像是被从沼泽里拖出来的。

他身后,一道深深的凹痕越来越长……

它终于站住了。

他爬起来走到它头前嘲笑它:"跑呀,你跑呀!"他一边说,一边解拴在腰里的绳子。正当他准备穿它的鼻子时,它猛然扬起锋利的犄角,只听见"嘶"的一声,他的衣服被豁破了。他感到一阵钻心的疼痛,低头一看,肚皮被豁出一道血口子。

雨暂时停住了。

他用手捂着伤口,望着远去的牛。他喜欢它的脾气。他瞧不起荡牛,也就因为荡牛容易被管束,让人欺侮,少这副脾气。血在流淌,他不管,继续追赶。被血染红的布条,在风中飘扬。

他机智地抄近路赶到牛前头,攀上一棵老树横向路中的横枝。牛过来了,过来了,他看准了一跃,准确地骑到了它的背上。牛惊得又蹦又跳,他却像膏药似的贴在它身上。他用手抓住了牛,并且一寸一寸地向它的颈上移动。当它再一次掀动屁股时,他顺势溜到它颈上,迅捷地用手抓住了牛角。它凶狠地甩着脑袋,忽左忽右,忽上忽下,要把他狠狠地摔在地上。此时他完全不懂何谓险恶,双腿紧夹它的颈,双手死拉它的角。

拼了!

有几次,他被甩了下来,但他抱住它的角,又翻到它的颈上。它蹿跳着,颠簸着,奔腾着。可是,无论怎么样也掀不掉它的主人。它开始喘息了。他腾出一只手,解下腰里的绳子,眼睛紧紧地盯着它穿在鼻子上的带眼的铜栓。

牛不再像以前那样凶猛了。当他把手伸出要抓住铜栓时,它猛然往上一跃,但它失败了,它的主人用双手抱住它的脖子,并用嘴咬着它的颈。它一下子垮了,双腿跪在泥泞里。

它顺从地让主人给它拴上了鼻绳。

剩下的路已经不多。他疲倦之极,把牛绳死死地扣在手腕上,倒在路边一个草垛旁,合上了眼睛。他朦朦胧胧地感到天又下雨了,可他再没有力量睁开眼皮,在雨中沉沉地睡着了……

他醒来时,天刚发白。天空还飘着雨丝。然而使他感到奇怪的是,他身上的衣服已被体温暖干了,竟没有一点儿潮湿。他再看牛,它浑身湿漉漉的在往地上滴水。他寻看地面,除了它蹄下的四个蹄印,泥泞的地面上竟然找不出一个另外的蹄印。

它整整一夜以一种固定不变的姿势站在那里,用庞大的身躯给他挡了一夜的风雨。

它的目光温暖而纯洁。

天空飘完最后一线雨丝。东方红霞万缕,原野上的一切都被染上金色或绯色。以这些光色为前导的那轮天体,终于在原野的尽头颤动着,从光影的深渊里冉冉升起。

他骑上它……

5

看见村子了。它在阳光下。这牛像是终于寻到了自己的家似的,"哞"地长叫一声,沿着村前的大路欢快地奔腾过去。跑到村头,他跳下了牛背。人们早看到远奔而来的牛,纷纷跑过来。仅仅只有四天,可是,他几乎让这里所有的人认不出来了:他的衣服破烂不堪,只剩下几丝布条,手上、身上到处是泥巴、伤口和血迹,他的身子瘦得只剩一副骨架,叫人害怕,他的脸瘦削,黑黑的,颧骨高高地突兀出来,只有深陷的眼睛,却比以往任何时候都亮。

他把牛绳拴在它角上,拍了拍它的头。

牛朝田野上走去。

他得赶快往家走——他要立即见到家,见到祖母。走着走着,他跑了起来……

他站住了:出什么事了?茅屋前怎么围了那么多人?

一片寂静。

他望去,只见人们一个个浑身湿漉漉的,泥迹斑斑,每张脸都黑糊糊的,像是被浓烟熏染过,使这些庄稼人那本来就粗犷的神情里又加入了几分深沉。篱笆踩倒了,到处是水桶,被水弄得泥泞的地面烙下无数混乱的脚印。这里显然发生过大事,有过喊声震天的抢救,有过很壮观的激战。

这孩子对于一切可能发生的灾难皆无惧怕,却被眼前的场景感动着。

人群闪开了：祖母颤巍巍地守在门口，双手拄着拐棍，眼睛正对着前面的大路。

"孙子回来了！"有人轻声对她说。

她丢下拐棍，用两只伸不直的骨节嶙峋的手向前摸索着。她被地上的水桶绊倒了。

他连忙跑上去扶住她："奶奶！……"

她抱住他，用哆哆嗦嗦的手在他身上、脸上到处摸索着："火星迸到干柴上……乡亲们……救下了……"

他回过头，望着安然无恙的茅屋，望着这些始终给予他和祖母援助的善良、舍己的庄稼人，感激的泪水顺鼻梁而下。

"我把海牛引回来了。"他说，"是一头好海牛。"

1983 年 4 月 16 日于北京大学

枪　魅

1

野鸭阿西醒来时,发现自己在一只柳条编织而成的笼中。

它想,它一定被猎人的枪打伤了,并且伤得很重,便呻吟起来。可是,它慢慢感觉到,它身上并无疼痛的地方。它歪着脑袋,仔细检查了自己,并未发现伤痕。它又用扁嘴掀起羽毛细察,终未找到枪伤。"那我怎么被关到笼中了呢?"它很有点困惑。

它大胆朝笼外看去,猎人正坐在凳子上擦他的猎枪。阿西一阵哆嗦,抖得翎子索索地响。

它隐隐约约地记得,当时它和阿秀它们正在水面上嬉闹,突然一声枪响,它眼前一阵发黑,便什么也不知道了。

它自然害怕这杆枪。

当它明白了这一点——它不是被枪打晕,而是吓昏过去——以后,它确实有点害臊。

这个猎人(它现在当然不知道他将是它的主人)长得糊

里糊涂的,眼睛、鼻子、嘴拥挤在一张黑黄的脸上,两只耳朵被蓬乱而枯焦的头发掩去一半。但眼中闪出的狡诈,却是分明的,甚至能穿透灵魂。他聚精会神地擦他的枪。这支枪我们实在不敢恭维———一支老枪。稍有出息的猎人,都不再使用这种家伙了。但他似乎很爱这个宝贝,擦得认真而有耐心,直至把它擦得锃亮。他站起身,用一种很不入眼的姿势端起这杆枪,朝前瞄着,并仿佛眼前有什么飞物,一本正经地盯住,而随之转动着身体……枪口一下对准了笼中的阿西。

阿西又几乎要昏厥过去了。

猎人放下枪,走过来,望着它,发出一阵怪笑:"我不会杀死你的,我要将你驯成一只出色的枪魅!"

这地方,有不少猎人将他们捕获的活的猎物加以驯导,使它们专门干将其同类引诱到他们枪口之下的勾当。它们被称为"枪魅"。

猎人把阿西抛进了池塘。

阿西有点惶惑:他把我放了?它不敢贸然起飞,先用嘴"吧唧吧唧"喝了几口水,又用嘴撩起水,战战兢兢地洗了洗脖子。水珠在它的背上滴溜溜滚动着。它一歪脑袋,琥珀色的眼睛在阳光下反射出一束光芒。它又见到了那瓦蓝而广阔的天空:好自由的天空啊! 阿西的心头涌起一阵兴奋。它简直要哭了。空气清新、湿润。微风轻轻拂动,掀翻着它一身好看的羽毛。一支陌生的鸭队从池塘边的白杨树顶上飞过,不紧不慢地朝远空飞去了。

坐在池塘边的猎人在闭目养神。

这使阿西的心紧缩成一团。它用爪朝前划动着。当它看准了猎人确实闭着眼睛时,它突然起飞,展开双翅,朝着蓝色的天空飞去。当它满以为重新获得了天空时,它觉得飞不动了。它使劲扇动着翅膀,最终还是"扑通"一声倒栽在池塘里——它的腿上被拴了一根长长的绳子。

猎人朝它大笑起来,直笑得前仰后合,气接不上来,捧着肚子,流出眼泪,最后一头栽倒在池塘里。他钻出水面后,依然还用雄鸭一般的嗓音笑个不停。

阿西哭了。

猎人像收钓鱼线一样,将绳子一圈一圈往手上绕着。

阿西一点也不反抗,像只死鸭子,耷拉着翅膀,让绳子牵着,被猎人毫不留情地拽向岸边。

2

猎人抓住湿漉漉的阿西,重新将它扔进笼子里。

笼子被猎人挂在池塘边的树丫上。阿西见着水见着天,可被囚着。清清池水的涟漪,空中飞鸟的翱翔,所有这一切,都刺激着阿西。它渴望着自由自在的生活。

多么惬意的翱翔!

可是猎人根本不理会它,扔下它走了。

阿西蹲在笼中,默默地想念着那些美好的光景——

它跟随一支庞大的鸭队,几乎飞过半个地球。飞过一片片树林、一条条大河和一汪汪湖泊。有时飞得极高,在云层里穿行。气流像水一样漫过脊背,两只翅膀在空气中划动,发出动听的"沙沙"声。它们一个挨一个,姿势优雅而轻松,像一页页纸在空中悠然飘动。沉、浮、浮、沉,飞行是那么的惬意。鸭队在空中不时变化着队形,但从来不乱。它们在蓝色的天空上,留下一个又一个优美的图形,使寂寞单调的天空有了内容。常常是在夜空下飞行。那时,阿西有一种说不清的神秘感和宁静感。看不见河流和村庄,什么也看不见。它们就这样在凉丝丝、蓝幽幽的空气中往前飞。飞向什么具体地方,它们并不清楚。但它们都能凭着自己的感觉,飞向它们愿意到达的地方。即使夜间的飞行,它们都是很有秩序的。听着同伴双翅划破空气的声音,各自都能准确地保持在自己的航线上。黑夜的柔纱似有似无地抚摸着它们。高远处的星光,常使它们迷离恍惚地觉得自己是在飞向天堂。

它们随时都可能降落。或落在一片芦苇荡中,或落在一汪林间湖泊之上,或落在一片水田里。降落是一件让阿西身心愉悦的事情。它们斜着身子盘旋着,盘旋着。湿润的水汽,对长途旅行的它们,具有极大的诱惑力。它们越飞越低,终于一个个"扑啦啦"落进水中。有时,阿西会禁不住仰空长叫一声,声音在宁静的世界里显得极为纯净动听。

也许水下世界比空中世界更使阿西着迷。

阿西一撅屁股,朝深水中扎去。小水泡"咕噜咕噜"地响着。潜到一定深度,它便伸长脖子朝前游去。四周水晶般透明。水草像一股股袅袅飘动的烟。各种各样的鱼,在水中闪烁着亮光。一只只白玉般的虾,或攀附在水草和芦苇秆上,或以一种奇怪的游动方式,向前推进。有一种鱼的额头,像缀了一颗蓝晶晶的宝石,在水底世界发出十分美丽的光芒。几只河蚌在沉寂荒凉的河底,留下一道道永不为世人所知的线条。

阿西让羽毛蓬松开,让清纯冰凉的河水浸泡着。那时的阿西,是很陶醉的。

当然,阿西最怀恋的还是妹妹阿秀。

阿西还隐隐约约地记得,那天,它啄开了蛋壳,正用新奇的目光打量着一个光明的世界,只听见身旁另一只蛋中发出

"笃笃"的声响。它用耳朵贴在那只蛋上听了一会,问:"你是谁呀?""我是阿秀。""你使劲啄呀!"阿秀猛一啄,出来了。阿秀毛茸茸的,那张小小的、金黄色的嘴可比阿西那张嘴秀气多了。阿西挺喜欢阿秀,便带着它,走出芦苇丛,走进了湖泊。从此,它们形影不离。阿秀总是"阿西阿西"地叫着,跟随着阿西,从北方飞向南方,从南方飞向北方。

"阿秀在哪儿呢?"

阿西很伤感地望着笼外那片没有动静的天空……

3

一连三天,猎人没有给阿西一口食,一口水。阿西饿得皮包骨头,立不起身子来。

小鱼小虾就在眼前的池塘里游动着,似乎带着一点挑逗性。

猎人终于端着一瓢水来了。

阿西急切地伸过脖子去,想痛饮几口这生命之水。

然而猎人却发一声冷笑,把瓢端开,高高举起,慢慢地将水倾倒在池塘中。

阿西只好可怜巴巴地望着那小瀑布似的水。

又过了两天,猎人把一群家鸭赶进了池塘。那群家伙在池塘里得意得要命。喝水,捕捉鱼虾,惬意地扇动翅膀,激起一蓬蓬水花。它们吃吃喝喝,然后就呱呱呱地欢叫。

阿西眼馋得很,可是只能伸长脖子干咽。

猎人出现了。他手中拿着一支点着的纸芒,把猎枪架在河坎上。

正当阿西琢磨猎人的行为时,猎人过来,打开笼门,把阿西放到水池中。

猎人趴到地上,吹了一口纸芒,朝装在猎枪上的导火线凑去。

阿西一见,一头扎到池塘里。过了一会,它便听见"砰"的一声,枪响了。

不知为什么,猎人把阿西从水中拖出来,笑眯眯地赏给它好几只虾好几条鱼好几口清水。

阿西吞咽了食物之后,又被猎人放回池塘。猎人又趴到地上,又吹了一口纸芒,又朝导火线凑去。阿西又照样扎进水中。枪声再次响起。阿西又再次得到了猎人奖赏的食物。

猎人的这种奇怪行为,重复了十几回,阿西终于在脑海中形成了一个记忆:当猎人将要点燃导火线时,我便扎进水中,枪响之后,就能得到食物。

以后几天,猎人还教会阿西,当把它放到水上时,它应当很高兴地唱它过去最爱唱的歌。

这天,猎人带着阿西,驾着小船,驶进了茫茫的芦苇荡。

芦苇深处,是一大片水面。猎人将小船藏到芦苇丛中,架好枪,点着纸芒,把阿西放到了水中。

于是阿西便唱起那支歌:

　　水好清澄呀,
　　水草好茂盛呀,
　　鱼好多呀,
　　虾好肥呀,
　　鸭们,快快落下来呀……

一队野鸭正从天空飞过,听见阿西的歌声,便一圈一圈旋转下来,落进水里。

猎人吹了一口纸芒,朝导火线凑去。

阿西犹豫了一下,赶紧扎入水中。

枪声过后,阿西从水中钻出。眼前情景好惨:水面上,像草把一样,漂浮着一片野鸭,它们的血将水都染红了。

4

阿西呆呆地停泊在那一大片尸体中间。

天阴沉沉的,水阴森森的。四周是一片凄凉的宁静。

猎人荡着小船,喜滋滋地过来,将那些野鸭捞起扔到船舱里,最后将麻木了的阿西抓进笼中。这回猎人更加慷慨,端了满满一小盆鱼虾,放到阿西嘴边。阿西依然麻木着。

归途中,阿西醒来了。当它回忆起刚才所见的惨状时,它发疯似的朝笼外挣扎着,弄得羽毛纷纷掉下,额头上撞出血来,后来,便软瘫了下去。

阿西一连几天拒绝进餐。

但,最终还是凶恶狡诈、惯于软硬兼施的猎人胜利了。阿西一次又一次地将同类引诱到猎人的枪口下。现在,当阿西再看到水面上同类的尸体时,已没有痛苦,一副麻木不仁的样子。

这种血腥的捕杀每完成一次,猎人总要给予阿西一连好几日的奖赏。猎人甚至毁掉了囚笼,只用绳子拴着它的腿,让它自由地在池塘中游荡。猎人还将几只漂亮的母家鸭赶到池塘,陪伴着它。家鸭们对它很崇拜,因为它们不能飞上天。池塘虽小,且又不能远走高飞,但阿西还是有了几分得意。

阿西心情一好,留意起自己的形象来。它歪着脖子,仔细打量着映在水中的自己。它发现自己很英俊。

阿西确实已是一只长得很帅的公鸭了。一身厚厚实实的羽毛,包住了结实的身体。羽毛油光水滑,在阳光下闪闪发亮。修长的脖子,质地如同牛角一般的嘴巴,金灿灿的双爪,明亮的眸,与那群家鸭比起来,阿西更是光彩夺目。最值得阿西骄傲的,是脖子上那圈紫金色的羽毛。那羽毛是多么高贵啊,尤其是在阳光下。那是一个美丽的光环。

阿西游动起来也极有样子,高着脖子,在水面上轻盈如一片羽毛朝前滑行,不像家鸭们很没有必要也很不文明地弄出许多水花和一条水道来。

猎人居然让它站在他的肩头上,走到人们面前去。

它常常听到人们对它的赞美。

这天,猎人用肩头带着它来到集市上。

"这只枪魅卖吗?"有人开玩笑地问。

"卖。"猎人说。

"你开玩笑。"

"不,真卖。"猎人很认真。

这一说可不得了,围过来许多猎人:

"多少钱?"

"你们自己出价,我捡最高价出手。"

"100!"

"150!"

"200!"

"250,不能再高了。"

"谁说不能再高了,我出300!"

最后,有人竟敢出500块钱。

猎人从肩上抱下阿西,放在手上:"多漂亮的一只枪魅啊!"

那个出500块钱的人,伸手过来取阿西。

猎人摇头大笑:"开个玩笑。这枪魅难道是能用钱买得的吗?无价之宝啊,无价之宝!"说罢,将阿西放在肩头,拨开人群,朝前走去。

人群着了魔一样,"呼啦啦"尾随其后。

阿西像只鹰,一动不动,高傲地站立在猎人的肩头。

5

阿西又被猎人带到芦苇荡中的一片水面上。

将近中午时,终于等来了一支野鸭队。

于是,阿西唱起来。

于是,那支野鸭队盘旋下落。

"阿西——!"

阿西正要细瞧,阿秀一个旋转,已经落到了它的面前。一年多不见了,阿西忘记了一切,激动得用嘴不住地点水,向阿秀诉说着思念之情。阿秀已经出落成一只漂亮的母鸭,只是清瘦了一些。这是阿西熟悉的鸭队。鸭们围着它们兄妹俩,都为它们的团圆而高兴。

"阿秀一直在寻找你。"

阿秀温柔而喜悦地望着阿西。

水面上,充满了鸭们的欢乐。

阿西用嘴亲昵地给阿秀梳理着羽毛。

"阿西哥,这一年里,你就独自到处流浪?"阿秀伤心地问。

阿西愣了一下,随即点点头。

"那回,从北边来了一只鸭,硬对我说,你还在想阿西,真傻!阿西已经做了枪魅啦……"

阿西浑身一震。

"它还说,不知有多少鸭队被你引诱到猎人的枪口下……"

阿西低下头去:"它胡说。"

"它说,你还不信,我就是死里逃生。我就骂它:不准你污蔑我阿西哥!我阿西哥才不是那样的鸭呢!它还要说,我就用嘴咬它,一边咬一边哭。谁让它污蔑我阿西哥呢!"

阿秀乖巧地偎依在阿西的身边。

另一只鸭凑过来说:"它就满天下打听你的下落。不知飞过多少森林,多少村庄和田野。有时夜里突然失声大叫,惊得大伙都醒来。它想你想急了,不管谁劝,它也不听,愣要深更半夜就启程去找你。我们只好陪着它。"

阿西一转脑袋,看见了猎人手中已经点着了的纸芒。

"你们走吧。"阿西说。

"怎么?你不跟我们一起走?"鸭们纷纷围过来。

"不……"

"阿秀,你快跟大伙一起走吧。"阿西说。

阿秀很吃惊:"你……不要我啦?"

"不……不是……"

"我哪儿也不去。我就要和你待一块。"阿秀用嘴去摩挲着阿西的脖子。

猎人吹亮了纸芒,示意阿西潜入水中并将纸芒凑向导火线。

"你们快飞呀!有枪!"

鸭们并不相信阿西的话。因为,所有的鸭们都相信阿西是一只好鸭。

阿西一头扎进水中。它突然想起阿秀那对带着泪光的眼睛和那支日夜兼程四处寻找它的鸭队,猛地钻出水面,发出一阵谁也不敢当做玩笑的鸭们只在特别紧急的情况下才使用的警报声。

鸭们"哗啦啦"飞向天空。

枪响了。阿西最后看了一眼已在空中的阿秀和鸭队,慢慢闭上了眼睛。

萧瑟的秋风吹皱了它身体周围一汪阴凉阴凉的湖水……

1988 年 4 月 26 日于北京大学 21 楼 106 室

荒原茅屋

荒原沉睡着。

妈妈轻轻呻吟着。

大荒侧卧在床角,把耳朵贴在墙上,静静地聆听着。

妈妈将给他生一个弟弟,还是一个妹妹呢?他既想要一个弟弟,又想要一个妹妹。弟弟也好,妹妹也好,他都要。荒原太大,荒原给他的是不尽的荒凉、寂寞和孤独。他渴望有一个弟弟或一个妹妹。

茅屋耸立在这片荒原的最高处。它是荒原的一个奇迹。因为,在肉眼所能看到的一个庞大的范围内,就再也没有另外一座茅屋了。它傲然挺立着,在荒原特有的穹隆下,在荒原特有的风暴里,在荒原特有的壮丽晨光和苍茫暮霭中。它不知在这荒原上耸立了多少个年头。用石头垒成的青色围墙,不少地方已经风化。覆盖的茅草也不知换了多少次,眼下,又已经薄薄的,但仍然还很结实地覆盖着。听爸爸说,这座茅屋是爷爷的爷爷盖的。现在,他的子孙已散落在这片漫无边际的大荒原上的各个地方。凡在这片荒原上的人,都系一个家族。荒原因为他们,才有了绿色和灵性。

茅屋又将给荒原带来一个新的生命。

茅屋下方的斜坡上是一个大栅栏，但现在是空的——爸爸赶着他的马群到远方放牧去了。而那里山洪暴发，把爸爸阻隔在山那边，使他不能在妈妈生产前赶回这座茅屋。

大荒光着屁股从床上跳下来，从桌子上抱来那只粗陋的小木箱。那里面藏着两件很好的礼物，是大荒准备送给那个还未降生的弟弟或妹妹的。一件是小风车。那是大荒花了三天的工夫，自己用刀刻出来的。几片螺旋桨式的叶片，被风一吹，就"呼呼"直转。在几片叶片的中心，大荒还用刀挖了一个眼儿，风吹进眼儿，就会发出悦耳的哨声。这件礼物当然是送给弟弟的。大荒不止一次幻想过：弟弟用小手举着小风车，他就背着他在荒原上到处乱跑，那风车就快活地不停地在弟弟手中转着，"嘤嘤"地响着，弟弟也就快活地在他背上颠着屁股。另一件是个布娃娃。当然是送给妹妹的。女孩子家什么也不喜欢，就喜欢布娃娃。布娃娃是她们的命根儿。大荒比谁都清楚。他用妈妈给他买褂子的钱，连来带去跑了一天，在三十里外的一家小商店买下了它。这是个洋娃娃，长着一头金色卷曲的头发，眼睛是蓝的，蓝得很好看。小妹妹还能不喜欢这样的娃娃吗？她抱着这样的娃娃睡觉，一定会睡得很香甜的。

大荒打开箱盖儿，看看风车，又看看布娃娃。他要做哥哥了。他觉得他真幸福。他坐着，就这样把箱子抱在怀里。

妈妈的呻吟一声比一声高了，一声比一声尖厉了。大荒感觉到妈妈在痛苦中，放下木箱，跑到妈妈的房门口，用焦急、惶惑、茫然、不知所措又害羞的目光望着灯光下的妈妈。

爸爸当他的面说过，妈妈是这个荒原上所有女性里边最漂亮的。大荒信，因为，他长这么大，再没有见过比妈妈更好看的女人。他喜欢妈妈。他还被妈妈抱在怀里时，最喜欢干的一件事,就是用小手抓妈妈那头柔软漆黑的头发,把它们打开,弄乱,让它们纷纷扬扬地散披在妈妈的肩上。妈妈重重打了他的手。他眼泪未干,又继续去干那件事,干得很认真。妈妈没法儿,只好随他去了。因此,妈妈的头发常是散着的。后来习惯了,也就不梳理它了,就让它这样一年四季散着。反正,在这荒原上也很难见到一个生人。妈妈很温柔,跟彪悍的爸爸正好是个对比。爸爸常放牧去,大荒是在妈妈的一片温柔里长大的。他习惯了妈妈的胳膊、妈妈身上散发出的好闻的气息。不是爸爸把他赶开,他也许现在还和妈妈睡在一张床上。

妈妈在痛苦里,但妈妈更好看。她的头发散乱在枕上,因为汗水的濡湿而格外的黑。她的脸色微微发红,汗珠在她的额头上和鼻尖上闪光。她的嘴角微微抽搐,却丝毫不能使妈妈难看。

妈妈见到了大荒,微微笑了笑。

大荒在门槛上坐下,双手抱着膝盖,默默地望着妈妈。他觉得自己背负着重任。

一个新生命的诞生需要母亲忍受巨大的痛苦。妈妈正在床上受罪,她被阵痛袭击着,柔和端丽的面孔一阵阵抽搐、变形。汗水越流越猛了,顺着耳根流下去,湿着枕头;喘息声也越来越急促,仿佛那个温馨的婴儿有无穷的力量,在她的腹中调皮地折腾着,想把妈妈彻底搞累。

大荒倒了一碗水,放了一勺又一勺糖,用双手端给妈妈。妈妈用胳膊艰难地支撑起身体,感激地看了一眼大荒,一口气将水喝了。喝得太猛,水从嘴角流了下来。妈妈朝大荒吃力地笑了笑。

大荒又坐回到门槛上默默守候着。

妈妈平静了一阵,又陷入了痛苦。那个弟弟(或妹妹)仿佛在黑暗里困得太久了,急切切地想来到阳光下,来到荒原上,来到大荒的眼前,可是大门却还紧闭着,于是,他(她)就用全身的力气撞击着。看得出,妈妈是兴奋的激动的——她又将有一个孩子了!但这撞击同时给她带来了不可言说的痛苦。随着他(她)撞击的猛烈,妈妈的痛苦也在加剧。她的眼睛一会儿紧紧地闭着,一会儿慢慢地睁开,露出被疼痛的火焰烧得有点发红的眼珠。她的手在床上不停地抓摸着,像一个被水淹没的人,在胡乱地抓握什么可以救生的物体。

大荒害怕了:"妈妈……"

妈妈侧过脸来,望着他。

他的眼睛告诉妈妈:妈妈,我能为你做些什么呢?

因为爸爸不在,妈妈似乎也为承受这过于沉重的痛苦而感到气虚。她望着瘦弱、平时因为她的娇惯而显得稚嫩的大荒,眼中闪过一丝疑虑。

大荒感觉到了,心里有点难受,脸腆红了。

妈妈合上眼睛,她暂时因为思虑一个什么重要问题而忘记了痛苦。她的双臂自然地放在身体的两侧,但前额沁出的汗珠已聚集成黄豆粒大。她好像在为自己刚才向大荒闪过不信任的目光而感到不安和歉疚。

"大荒!"

"妈!"

妈妈睁开眼:"你认识去黑松林的路吗?"

大荒点点头。

"认识那个白头发的老阿婆吗?"

"认识!你说过,你生我的时候,是她把我接出来的。"

"你爸爸不在家……"妈妈这样说了一句没有完的话,却不吱声了。

大荒转身冲向门口,双手用力拉开了茅屋的门——可他定住了。犹豫、恐慌、怯懦,他身上的一切弱点,在他向沉沉的夜空一瞥时统统暴露了出来。他不知害臊地将门关上,然后头也不敢抬地又坐回到门槛上。

夜色中的荒原,弥漫着恐怖的力量。它一片安静,由于过于安静,让人觉得它是虚伪的。在它深邃的胸膛里好像潜伏着什么。风吹过时,它就会像一头叫不出名字的巨兽在酣睡中发出鼾声。荒原上的天空,像是正在飘落下来的一张巨网。

大荒对去黑松林的路很清楚。

黑松林离这里十里路,要穿过一片长满荆棘的洼地。那些荆棘像一只只恶鹰的爪子,不是把你的衣服撕破,就是给你的脚底扎上一根根尖刺。过了那片荆棘,是一片泡在水里的乱石滩。那些大大小小的、圆滑滑的、让人觉得刁钻古怪的石头,让行人一个接一个摔跟头,摔得两眼金星迸溅,摔得浑身水淋淋的。再过去,是一片荒野。爸爸说过,那是一个古战场。在遥远的年代,有两支军队,在那块盐迹斑斑、赤条条的土地上刃战了整整一个白天和整整一个黑夜。第二天,太阳照上来时,已没有一个人是活着的。爸爸说,那里的泥土为什么至今还是红的,是因为它吮吸的血太多了。过了那片荒野才是黑松林,而白发老阿婆住在林子深处。通过那片原始森林只有一条路。林子太老了,杂树怒生,苍翠四合。寂静的林子间总好像游荡着什么精灵,总好像藏着许多神秘的故事。

这不是一个女人,也不是一个小孩的路。

妈妈觉得自己不应该有那样一个奢望而使她的大荒陷

入难堪。她亲昵地叫着:"大荒……"

大荒不敢抬头。

"来,搬张凳子,靠着妈妈坐。"

大荒搬来凳子,坐在离妈妈不远的地方。

那个小弟弟(或小妹妹)好像终于愤怒了,不顾一切地折腾开来。新鲜有力的生命在妈妈体内动荡着。妈妈遍体的筋络清晰地在她光滑的皮肤下显现出来,有的地方曲张着,像要爆裂开来;头发散漫,有一绺被妈妈用牙齿紧紧咬啮着。她的手用力抓着身底下的褥子,仿佛要把它抓破。疼痛像巨浪,一阵紧似一阵地朝她猛压过来。妈妈奋挺着,抵抗着,在浪峰下发出苦难但没有一丝悲哀、却带着快感的呻吟。

后来,妈妈晕厥过去了,脸色一片苍白,嘴唇无力地颤动,胳膊垂挂在床边。她的生命仿佛在一个新生命挣扎而出时,在痛苦的深渊里沉沦下去了。

"妈妈……妈妈……"

大荒呼喊着,摇动着被汗水湿透了衣服的妈妈。

妈妈的力量在恢复,她的手终于深深地抓进棉絮里。她的牙咬破了嘴唇,嘴角挂下一弯鲜红的血。

大荒光光的小胸脯因为急促的呼吸而不住地起伏,被太阳晒黑、赤裸着的屁股,因为汗水的冲洗,像磨光的紫檀木在灯下闪着亮光。

妈妈醒来了。她向大荒微笑着。

大荒从来没有见过妈妈有这样恬静、美丽的微笑。

大荒觉得有一股力量在他还未长结实的身躯里冲撞着、奔突着。他突然转过身,"哗"地再次拉开茅屋的门,回头看了一眼妈妈,然后像一粒子弹射进了黑暗里。

他跑着,呐喊着,让自己的声音成为他的伙伴。他的声响使整个天空都似乎发出轰响。他不停地跑,不停地摔倒,不停地呐喊。

……黑松林深处熟睡的居民被猛烈的敲门声惊醒了,灯一盏盏亮起来,人一个个来到白发老阿婆家门口。人们团团围住这个赤身的少年,问他要干什么。他却发不出一丝丝声音。他的喉咙几乎彻底哑了。他急得在地上跳着,用双手狠狠掐着自己的喉咙。他绝望极了,蹲在地上,用两只汗淋淋的拳头"吃通吃通"地狠揍着自己的脑门。

茅屋里,妈妈怎么了呢?

他一手抓住白发老阿婆的胳膊往前拉去,一手指着远方——他们茅屋所在的地方。

"一定出什么事了!"林子里的人说。

"快跑!"

于是,无数的男人和女人组成的人流,在夜空下,随大荒迤逦而去,纷沓的足声震荡着黑色的荒原。

见到茅屋的灯光时,大荒甩开这支盲目的队伍,以令人震惊的速度扑向茅屋……

远远地,茅屋向荒原发出一个婴儿清脆的啼哭声……

大荒的眼泪纷纷洒落下来。

荒原的尽头,正被霞光染红。

茅屋门口,站着爸爸。

他跑到爸爸面前,然后转过身去,用手指了指那支由他领来的队伍。

爸爸朝那些人摇了摇手,然后把手放在他的肩上,搂着他朝茅屋走去:"爸爸扔了那些马,是从洪水里游过来的。"爸爸用的是对兄弟说话那样的口吻。

茅屋里,婴儿在生动有力地啼哭着。

"是弟弟还是妹妹?"

"一个弟弟,一个妹妹。"

大荒停住了,仔细去听——两个婴儿在一起啼哭着。

他挥着双拳,"嗷嗷"叫着,朝茅屋冲去……

1983年4月26日于北京大学

暮色笼罩下的祠堂

起床后,我走出户外,见一个少年一动不动地站在院子里。他看着我,我也打量着他。

这是一个难得见到、很少有的英俊少年,岁数约在十七八岁上,头发自成微波,黑如墨染,耷拉下来,一直遮住眉毛,脸光滑、纯净,带有女性的秀气和柔润,不是眉间直下的挺削鼻梁和唇上刚出的茸毛显示其男性的特质,极容易使人误认为他是一个文静、安恬的女孩儿。

"轩哥。"他露出一种姑娘式的腼腆叫我,低着头,不断把手搓得沙沙响。

"你是?……"

父亲从门里探出头来,说:"这是亮子。"

亮子?就是那个小时候脱光了衣服、精着身子在雪地上跑的亮子?

那年冬天,我扛一张网到野地里捕雀子。雪连下了三日,刚住,地上积了足有半尺多深的厚雪,在阳光下白皑皑地发亮。我正欲支网,听见远处有群小孩"嗷嗷"欢叫成一片。掉头一看,只见一个身上一丝不挂的小男孩在雪地里朝这边跑来。

那就是亮子,才六岁。

这孩子很特别,似乎一来到这个世界上,那颗小脑袋里就盛有各种各样的奇思怪想。今天,或许是被大孩子们哄了(他天真单纯得要命,常被大孩子们欺骗),或许小脑袋里又冒出什么神经兮兮的念头,竟脱得一丝不挂,赤条条暴露在空旷的雪野上。

亮子像一颗闪光的肉团儿滚过来了。

"亮子!"我扔下网,"快穿衣服!"

他把小手合在胸前,歪着脖子仰望着我:"黑他们说我不敢光身子!"说完,他撒腿就在雪地上欢跑,被寒冷冻得紧绷绷的皮肤闪着缎子般的光泽。他一会儿昂头直冲,一会儿把头勾到胸前,斜着身子兜圈儿,一双粉嫩的小脚溅起一路银色的雪屑。

孩子们在雪地跳跃着,拍着手:"嗷——!嗷——!"

我本想抓住他,却莫名其妙地兴奋、躁动起来,混在那堆孩子中间,完全失掉一个大人应有的矜持,也手舞足蹈地喊叫起来,快活、激动地看着他在雪地上尽情地撒欢。

他向漫无尽头的雪野远方跑去。一支由孩子们和我组成的庞大队伍拉成一个巨大的半圆形,就尾随着他向远方推进。

宁静的原野一片欢声雷动。

雪如同一条柔软洁白的羊毛毯,覆盖着整个田野。他细嫩的皮肤冻得鲜红,像温暖的红光在雪地上划过,平滑的雪面上留下他一行小小的、深浅不一的脚印。

他忽然扑倒在雪地上,随即,像一只刚下水的毛茸茸的雏鸭,在雪地上"游动"起来,并把雪一把一把地往身上、脸上撒。后来,索性在雪地上无比快乐地滚动,并把头钻到雪里。

孩子们围成圈,活像一群小疯子,跳,叫。

他站起来——一个纯白的孩子。

他一阵抖动,又是一个粉红色的孩子。

一阵大风吹来,雪野顿时雾茫茫一片。亮子朦胧了,消失了。听见他欢叫了一声,随着风去,又渐渐显现在远处的雪地上。

他累了,站立在那儿。

我们跑过去,静静地望着他。

他头发上沾的雪已被热汗溶化,头发黑泽闪闪,在白雪映衬下,显得格外的黑。他的两个小屁股蛋儿冻得尤其红。那张湿润的小嘴在喘息,嘴边散发出淡蓝的热气。两腿间,那个小宝贝疙瘩冻得收缩起来,像一只刚出壳的小鸟儿,让人爱怜。他浑身冒着似有若无的淡蓝色热气。那双充满好奇和幻想的眼睛,心满意足地眨巴着。在这冰天雪地之间,他却没有一丝寒冷的感觉。

他的母亲赶来了,扑过来用条大被子把他捂走了。他在被窝里快乐地挣扎着,终于挣出黑黑的小脑袋,并挥舞着小手……

十多年过去了,而今,他已长成一个如此英俊的小伙子。

"是亮子!"我认出来了,赶紧说,"进屋里去坐。"

他站着不动:"我给你寄过信,收到了吗?"

"信?没有呀!你寄哪儿啦?"

"北京中文系。"

"你应该写北京大学中文系。"

"噢……"他知道自己写错了,不好意思地点点头。

"进屋吧。"

他依然不肯,从怀里掏出一叠香烟纸来:"轩哥,我知道,你现在是作家了。前天,我还看过你的小说……"他变得局促起来,说话结结巴巴,光用眼睛呆呆地盯着我,"轩哥……我……我也想做……做作家,早就想了。这……这是我写的小说,你能帮我看……看一看吗?"他把那叠香烟纸递给我。

我便接过来。

他显出很过意不去的窘样,搓着手,一个劲说:"水平不行,让轩哥发笑呢……"

这时,父亲走过来,在我身边轻微地说了一句:"他脑子有问题了。"

我的心猛一收缩,再看他那对眼睛,就觉得确实有点不太对头:眼珠儿发涩,很不灵活,老是定定地杵在那儿;目光呆滞,老是看一个地方。

"我还有部长篇,马上就要写完了,叫《崩溃》,三十万字……"他絮絮叨叨,声音很低,像是这些话根本没有从他的脑子里经过,只是嘴唇发出的一些他自己毫未觉察到的声响。

我随手翻一页他写的小说——

　　……我们为什么会生病呢?因为我们有很多机器,感冒机、高血压机、脑炎机、疟疾机、心肌梗塞机……
　　前不久,我的弟弟竟遭到了感冒机的迫害。
　　这些机器掌握在国家安全部后院一个首长的一个叫小蜜蜂的小孙女手里。小蜜蜂非常可爱……

我根本无法看懂这些令人费解的荒诞呓语。我想笑,但却笑不出来。望着两眼空大无光但长得绝对英俊的亮子,我说:"你轩哥一定好好地看。"

亮子用眼睛僵直地望着我,浑身颤抖起来,越颤越厉害。他张嘴想对我说些什么,但思路似乎被紧紧地堵塞了,欲说无言,最后,朝我鞠了一躬,走了……

他走后,我从父亲那里知道了关于亮子的一切——

亮子的病跟那座祠堂有关。

祠堂矗立在村前的河岸边。它是这地方上最高大的建筑。这地方的村民所居,基本上是泥墙草盖的屋子;阔绰一点的,也不过是檐口盖几片瓦,但墙依然是土坯垒就,屋顶的中央依然还是草。唯独这座祠堂,墙是用一色的青砖砌成,是现在的砖窑根本不烧的小砖,而且还是扁着砌成;上面盖的都是半圆形小瓦,少说也得上万片。进去看,大梁粗一围有余,椽子也是上等的木料破成的方木。这祠堂许多年前就矗立在这条大河的岸边了。

除了一年一度的清明祭祖,烧香进供外,祠堂还有其他若干用处,如:抓住私奔的男女,它便是关押并对之拷打的地方。听人说,对那些私奔者的惩罚,往往是不分男女,剥光了衣服,令其赤裸着身体跪在列祖列宗的牌位前。有许多人来围观,甚至有人还以以侮辱性的动作。再如:有人触犯了族长或家长,就会被缚到这里,同样令其下跪,让其忏悔,并由族长在一旁当着列祖列宗的牌位对其进行教化。

据讲,历史上这里曾死过不止一个人。

后来,祠堂被征来用做小学校的办公室了。

关于祠堂,这个地方有许多令人毛骨悚然的传说。凡在里面睡过觉的老师差不多都说到这样一些情况:在祠堂里睡觉,夜里总会被魇住,喊,喊不出声,动,动弹不了,醒来时,直觉得自己冷汗淋淋,衬衣都粘在了身上;将近五更天时,屋顶上就会有声响,如人掷石子于屋顶,石子就顺了瓦垄往下骨碌骨碌地滚动,你就会在床上等那石子往下落的那一声,但却总也等不到,这里你好不容易要睡着了,那屋顶上的石子声又再度响起,依然没有石子落地的声音。

有一年冬天,一个女教师在食堂吃完晚饭,惦记着一大堆作业未改,先端着罩子灯走向办公室,拐弯到了祠堂门口,只见门口站一位个头矮矮的白胡子老头,浑身穿一套雪白的衣服,便尖叫一声,灯落于地跌得粉碎。全体男老师闻声一齐冲出,问:"怎么啦?怎么啦?"女老师僵在那里不作声,半天,才说:"白胡子老头!门口站一个白胡子老头!"说完就抱着头往食堂跑。男老师们一边寻武器,一边心惊肉跳地大叫:"白胡子老头!"不一会儿,把村里的人都引来了,无数只手电筒划来划去,像前沿阵地的探照灯一般,然而,屋里屋外、上上下下一通寻找,连白胡子老头的一根胡须也未找着。

从此,"白胡子老头"就成为这里的人们经常谈论的话题。一伙人夜里走在路上,忽有一个促狭鬼一声喊:"白胡子老头来了!"大家就大呼小叫地跑起来,漆黑的夜空下就会响起一片混乱的"吃通吃通"的脚步声,有摔倒的,"哇"地一声惊叫,慌张地爬起来继续跑,还有跌到烂泥塘里的,就成了个泥人,泥人忘了自己是个泥人,拼命往前抢,弄了许多人也一身的泥。其中那些喊声最大的人,实际上并不完全害怕,他们虽然也感到有些恐怖,但同时也领略到了一种令心头战栗的快感。

"白胡子老头"还常被大人们用来吓唬小孩子:"再闹,把你送给白胡子老头!"于是,那些孩子便立即安静下来,变得异常老实。

我的父亲是这所小学校的校长。我的家就在校园里,距祠堂很近。受"白胡子老头"困扰与折磨的机会也就比别人多。尽管父亲当着很多人的面，也在晚上点一盏罩子灯走向祠堂，然后告诉大家，那"白胡子老头"可能是灯光穿过屋前的一棵梧桐树的枝叶照在白墙上而形成的错觉，但没有人相信他的话，我自然也不相信。就是在白天看到那座黑灰色的祠堂，心里都有一种恐慌。天黑后，我就不太敢从它门口经过了。心里老想着那个白胡子老头，就觉得他真的站在祠堂门口，还笑嘻嘻的。若碰到去远处看电影，深夜才回来，我就一定会绕过一个池塘，不从它的门口走，即使这样，我满脑子还是祠堂与"白胡子老头"，为了壮胆，我就大声地唱"智取威虎山"中最昂扬的一段：打虎上山。

这个学校的一些老师对学生所采用的最严厉的惩治办法，就是罚他们独自一人站在祠堂里，并关上大门。

当然，这个办法一年里也用不了一两次，不到万不得已、怒不可遏时绝对不用。即使用，也一定是限制在白天。

亮子的班主任是黄老师。这地方上，除学生们称老师外，大人们还沿用旧时的叫法，称老师为先生。黄先生排行为三，于是就叫"三先生"。三先生在旧社会是教私塾的，对《三字经》《百家姓》能倒背如流，决不打一个磕巴。自然而然地过渡为"人民教师"后，却每每露出旧时的痕迹。如读书，他不读，而喜欢唱，并且配以摇头晃脑。他的裤子至今还是一把刹的缅裆裤，裆很肥大，里头好像装了一只兔子。学生们不太尊重他，常在背后取笑他的裤子，而他却又是很讲尊严的，并要求学生们绝对听话。

亮子那孩子，天性活泼，并有无穷无尽的奇特念头，常常上课时提一些让三先生根本想不到也根本无法解答的问题。既然三先生老也答不出所以然来，亮子也就失望了，便常常偷空做他的小说。对此,三先生有很大的不满,极不喜欢他"这个东西",常想收拾"这个胡思乱想的家伙"。这天,一个喜欢讨好的学生告诉他:"亮子又写小说了,并且写的就是祠堂。我看了。亮子还说,他要推倒这座祠堂呢!"

于是,三先生把亮子关进祠堂:"你也想写小说?还要推倒这座祠堂!能耐不小哇!推吧,你就推吧!"说完,关上大门,气哼哼地走了。这大概是这所学校有史以来第一次放晚学后还把学生关在祠堂里。三先生自顾吃晚饭去了。

天黑得很。

父亲从镇上开会回来,路过祠堂门口,听见里面有断断续续的呻吟声,心一惊,手电一照,见亮子的脑袋正卡在窗条中间,来去不能。亮子的双手扒着外面的窗台,像是身后的黑暗里有什么东西在紧追他,他在拼命往外挣扎。父亲赶紧跑过去,使劲撑弯了窗条,并打开门。

亮子不说话,却赖在走廊里不肯走。

"你看见什么啦?"父亲见他满额头的冷汗,问他。

他不说,只是哭。

父亲好不容易把他劝了回去。

第二天,当他再上学时,父亲发现他的眼神就有点不对头了⋯⋯

"他们家里没找学校闹?"

"没有。等他家里觉察到亮子的脑子出了毛病,已半个月过去了。有人对他父亲说:'你家新盖了一幢房子,当时也没叫阴阳先生来看看,会不会是房子盖得不是地方?'他父亲果真请来阴阳先生。那阴阳先生说房子确实盖错了方向。他家就立即拆了房子,可是,亮子依然没有好起来,还一天天地严重了。最后,只好不念书了。以后,他就成日带夜地写,也不知写些什么东西。怕他脑子更往坏处走,家里就收了他的纸,他就到处去捡烟盒。"

夜晚,我躺在床上翻阅着亮子的小说。尽管满纸荒唐言,并有无数的错别字,也没有标点符号,可我却像一只久饿不食的野兽忽然觅到猎物,穷凶极恶地咀嚼着那些奇怪而富有魔力的文字。我看得呼吸急促,粗浊地喘息起来。他的笔下是一个根本不存在的荒诞世界,像一架钢琴散了架,一个根本不懂音乐的人将它胡乱拼凑起来,音阶次序乱七八糟,发出杂乱无章的音响。但你又似乎不时被一种无形的、难忘的力量所猛击,心就像垂挂在风中的最后一颗柿子在哆嗦。一会儿,又起了一种妙不可言的情绪,觉得在这个物质世界以外,还有一个灵魂世界。他的小说使我惊讶地发现,原来在我身上还有不知多少未被唤醒的感觉。

我憋不住,把那些小说扔在床上,披着衣服在屋里来回走动。

这孩子的想像力大胆得让人的灵魂战栗,他的奇特和敏锐的感觉简直不可思议。

我自愧不如,为自己的想像力感到害臊和悲哀。成为小说家的应该是他而不是我。然而,我现在毕竟是一个思维健全的人,而他却是一个"二百五"、"十三点"、精神病患者,一具没有灵魂的躯壳。香烟盒上的文字毕竟是痴人说梦,绝非小说——他也许永远做不了小说。

我推开门,走到寒冷的夜空下,久久不肯入户……

年已过了,离开学也没几天了,我该回北京了。

黄昏,天下着雪,我拎着皮箱,走向轮船码头。远远地看见亮子站在河边上。他见了我,仍原地站着,呆呆地望着我。雪不大,但他的头发几乎已被雪所覆盖,肩上的落雪也足有两寸厚。可想而知,他已站在这里很久了。

"亮子!"

"轩哥。"

"你怎么站在这里?"

"等你。你说过今天走。"

我把皮箱放在雪地上,望着他。他眉毛上的雪已经冻结,脸冻得青紫,浑身在微微发颤。我替他拂去头发上和肩上的雪。他没有任何表示,仿佛他的灵魂也已冻僵。

"回家吧,亮子。"

他从怀里掏出一个厚厚的、用香烟盒装订成的本子,用双手捧着递给我:"轩哥,长篇,《崩溃》,写祠堂的,你带到北京,请人家帮我发表,好吗?"

这种东西,谁会发表呢?但见他那种痴痴地乞求而又期望的眼神,我稍微犹豫了一下,将它接了过来。

"回去吧,亮子。"

他望望大河尽头:"轮船还没来呢。"他固执地站着不肯走。

也许是因为这些日子他昼夜不分地抢写这部所谓的长篇小说,他消瘦了许多,身体十分虚弱;加之衣着又那么单薄,他越抖越厉害,后来牙齿干脆"格格格"地敲打起来。

我又不禁想起那年的情景:茫茫的雪野上,一个裸体小男孩,在雪地上风一般地撒欢……那个亮子呢?那个清明如水的亮子呢?!

轮船到了。我把围巾解下,围在他的脖子上。他一动也不动,仿佛我的围巾不是围在他的脖子上,而是围在一根枯干了的树干上。我匆匆地上了船。我向他招手,他也没什么反应。船离开了码头。我朝他看,觉得他仍然很漂亮。

  轮船一拐弯,亮子被一片树林遮住了。而这时,矗立在河边的祠堂却出现在我眼前。在黄昏的暮色笼罩下,祠堂显得越发高大和森严,它已不知经历了多少个年头的风吹雨打,居然还是显得那么牢固……

1984 年 10 月于北京大学 21 楼 106 室

大　水

1

漂儿被大水堵在了这座小城。

大水冲垮了桥梁,毁坏了所有通往别处的道路。走到城边一看,四周白茫茫一片。水从遥远的天边还在继续涌来,仿佛是一支身着素服的庞大军队正向这里疯狂扑击,像一匹匹抖着鬃毛的银色战马不顾一切地掩杀过来了。高大结实的防护堤傲然地阻挡了它们。于是,它们便跳跃着,撕咬着,咆哮着,一副狗急跳墙的样子。

除了水还是水。

小城像一片秋天的落叶,漂在茫无边际的水上。

漂儿绝望地看了一眼长途汽车站紧关着的大门,心情落寞地走上了已被夜色浸染的街头。

雾气如烟,在街道上慢吞吞地飘,路灯发着红光。

空气湿漉漉的。路上几乎没有行人。小城像座荒古时遗存下的空城。

成千上万只老鼠从水里爬上岸,像溃退的逃兵,在街上穿梭着,有时一队,有时一片,还有时是三两只,雄赳赳地走着,仿佛是倍珍昔日荣耀的老兵。

漂儿背挎着包袱,毫无目的地往前走。

跟随他的,是自己瘦弱的影子。

他隐隐约约地觉察到了孤独,认为应当唱支歌。他从来不记唱词,并且从来不能把一支曲子完整地唱到头。于是,他只能胡乱地哼唱。这种颤颤抖抖的哼唱,慢慢演变成一种近乎于小公牛式的荒野叫喊。这种叫喊振奋了他的神经,使他怪模怪样莫名其妙毫无意义地在街上扭动起来,跳跃起来,转动起来,疯跑起来。

突然,那股掩埋在心灵深处的悲凉之情一下抓住了他。

漂儿的声音有了一种哭腔。

冰凉的夜色中,漂儿真的哭了。

他坐到了马路牙上。

不远处,一位行乞的老者,朝漂儿张望着。他衣衫褴褛,蓬乱的头发、多年不剃的胡须、久不清理的污垢使他的面孔变得一片模糊。他似乎朝漂儿笑了笑,便去将背囊中的食物的残渣掏出来,一点一点地撒在地上。于是,老鼠们便纷纷围了过来。他没有一点吃惊的样子,倒显出几分悠闲。这使漂儿想到黄昏时一个老奶奶在给入笼前的鸡雏们喂食的情景。

行乞的老者往前走去。

老鼠们拥挤着,"吱吱吱"地叫着,争先恐后地跟着老者。

又是沉寂。

漂儿迷迷糊糊地睡去……

远处,似乎传来手风琴的声音。

漂儿微微睁开眼。

手风琴在演奏一首快乐的曲子。声音忽高忽低,节奏忽紧忽慢,在夜空下跳跃着。它驱散了小城的凄凉和夜晚的寂寞。它给人带来一份热闹,一份活气,一份心灵的慰藉。

手风琴的声音牵着漂儿,他迎着它一步步走去。

拉手风琴的是一个中年男人。他坐在路灯下,全神贯注地演奏着。一顶破旧的草帽过多地遮住了他的额头。他的脚旁,是一个铺盖卷。他的形象和神情,都证明着他是一个到处流浪的人。

漂儿觉得很有趣,因为他看到拉手风琴的人只不过是在为一只狗而充满热情地演奏着。

那是一只丑陋的小狗。它蹲着,忘我地听着音乐。

拉手风琴的人一会朝狗点点头,一会歪着脑袋,把耳朵几乎贴到手风琴上聆听着,一副陶醉的样子。

那狗一动不动,听得极认真。

像是受到狗的鼓舞,拉手风琴的人越发卖力地演奏着。他似乎使出了全部的情感和演技。

漂儿终于憋不住笑起来。

拉手风琴的人停止演奏,抬头望着漂儿。

漂儿觉得那两束目光极有力量和神采。

"像我一样,被大水堵在这儿了?"

"嗯。"

"去哪儿?"

"很远很远。"

"你爸爸妈妈怎么放心你一个小孩家出远门?"

"他们不在了。大滑坡,他们连房子一起被埋了。"

拉手风琴的人有所醒悟地点着头:"那你要去干什么?"

"投奔一个亲戚家。"

"噢,投奔?投奔!"他收起手风琴,用脚轻轻踢了一下还未从音乐中拉回心思的小狗,"滚蛋吧,小东西!"他走过来,意味深长地拍了拍漂儿的肩,"小老弟,走,跟我去酒馆。"

漂儿便跟了他。

2

拉手风琴的人带着漂儿踏入了一家酒馆,寻了一张桌子,先请漂儿坐下,然后自己放下铺盖卷、手风琴,将草帽往桌上一扣,极有派头地喊道:"来瓶好酒,凉菜有多少种上多少种。"随即坐下。他见漂儿露出"这要花多少钱呀"的惊讶与吝啬,捏起草帽,往边上一摞,道:"想吃,就吃。别为难自己。不知道享受还能叫人?记住钱是人挣的!"

那位服务员小姐分明听见了拉手风琴的人的招呼,但却并不搭理,只顾伺候别人去了。

拉手风琴的人沉默地等待着。

"你是干什么的?"漂儿问。

"你看呢?"

"乐师?"

拉手风琴的人笑着摇摇头:"我是修手风琴的。"

"来瓶好酒,凉菜有多少种上多少种!"拉手风琴的人又等待了一会儿,再次提高嗓门叫道。

那位小姐正不太情愿地朝这边走来,忽见进来一对衣着华贵的男女,她又马上转身迎去:"请进。"然后就只顾去伺候他们,将拉手风琴的人又冷淡了。

拉手风琴的人双手托着下巴,极有风度地保持着一种忍耐。这忍耐是那么的沉重和高贵。它在短短的几分钟内,使漂儿的灵魂增添了几分重量。漂儿也有了一种傲视一切的感觉,与拉手风琴的人一样冷冷地沉默着。

过了很久很久,那个姑娘才带着轻慢甚至厌恶的神情走过来。

拉手风琴的人捏起草帽,歪歪地戴在头上,然后斜视着那个姑娘,突然用双手猛然掀翻了桌子。

漂儿又紧张又痛快地与拉手风琴的人站在一起。

拉手风琴的人背起手风琴,用胳膊夹起铺盖卷,拉着漂儿的手,朝门外走去。那姑娘赶忙闪到一边。

"必须反击!"走出酒馆,上了街头,拉手风琴的人用冷峻的语调对漂儿说。

他们又进了一家酒馆。当服务员将酒菜送上时,拉手风琴的人往漂儿面前的空碗中斟了半碗酒。

"我不会喝。"漂儿说。

"喝!酒是为咱们男人造的,喝醉了也没有什么了不起。一个男人一辈子醉个几回,才是对头的。来呀,小老弟!"

漂儿大胆地呷了一口,顿觉一条火蛇从喉咙中游过。等这种热辣辣的感觉消失后,代之而起的是一种向全身辐射的热量。酒使漂儿瞬间变成了一个大人。他对自己的能量、能力有了一种完全不同于过去的认识。不久前脸上的萎靡、可怜巴巴、惨兮兮、黄唧唧一下子被酒冲散了。他显得那么健康,那么英俊。

拉手风琴的人好酒量,自斟自酌,十分快活,仿佛世界上的一切都是顺心如意的。

"要活好。凭什么不活好呢?别那么垂头丧气没情绪。记住,太阳既照着他,也照着你,为什么要无缘无故地生出许多可怜呢?"

漂儿喝了一大口酒。他从未喝过酒。过去,他望见酒,总有几分恐惧。

"别做酒鬼。做酒鬼的人,终究还是因为他自己觉得可怜。"

拉手风琴的人是在痛饮。这种痛饮激动人心。几杯落肚,拉手风琴的人变得意气风发、神采奕奕。

"你别想着自己什么都没有,得想着自己什么都有,有眼睛,有鼻子,有双手,有挑担的肩!你还要什么呢?抬起头来往前走,海阔天空!"

这是一位哲人。这些似乎随意说出的话与酒一起流入了漂儿的血管,与那温热鲜红的血融和在一起,在血管中奔流,像大水冲击堤岸一样,冲击着漂儿那颗时时觉得寒冷萎缩的心脏。

已是深夜。

他们走出酒馆。

他们睡觉的地方是一座大楼的檐下。

凉气袭人的夜晚,无处归宿,这是很容易让人伤感的。街是空寂的。小城似乎完全没有意识到这两个流浪者的存在而已经自顾自地睡去了。只有无神的路灯在远处向他们洒来微弱的光。

漂儿凄凄惶惶地张望着。

拉手风琴的人似乎很能体会漂儿的心情,用胳膊轻轻地温暖地搂了他一下:"睡在我脚下。"他铺开席子,放下被子,"一样地睡觉。"

漂儿很拘谨地脱掉衣服,钻到被窝里。

拉手风琴的人披着衣服坐在被窝里,朝苍茫的夜空望,似乎那深处蕴含着什么他所期待向往的东西。

漂儿从未有过这种感觉。天就在他的上面,黑色的,极深邃。风在他的肌肤上似有似无地掠过。夜是那么的苍凉。此时的夜,似乎在无声地向人们诉说许多深刻的道理。寥落的星辰,苍茫的夜色,凉丝丝的空气,触动着人的情感,也触动着人的理智,让人往深处去体味生活和人生。在漂儿这种年纪上,对一切都是模糊的,但,他确实在一秒一秒地走入真正的生活和人生,虽然他不知道。

不远处的高楼上还有一家人家尚未歇息。橙色的窗帘,明亮而温和。无边的黑暗中就只有这一方窗帘。它映衬得这小城的深夜更是寂寞,甚至是凄凉。

拉手风琴的给漂儿掖好被子:"我们大家都是在生活。活着不在乎是在大楼里,还是在人檐下。关键的关键在于,你总要记住自己是个人!"他平静地拉响了手风琴。那是一首微微忧伤但总给人宁静、纯洁和安详的小夜曲。这声音从大楼的阴影中慢慢地进入了夜的胸膛。

漂儿渐渐睡去。

这是他出生以来的第一次露宿。

3

大水不肯退去。

它很阴险地往上爬着,几乎就要爬上大堤漫上岸来了。它像困兽一般闹腾着,张牙舞爪,气哼哼泛着白沫,一副腌臜样子。

小城真正的绝路了。

漂儿很发愁:"这样耽搁,哪儿来的钱呢?"

"虽是个小城,总有手风琴好修的。"拉手风琴的人泰然一笑,"走!"便用洪亮的嗓音朝这小城信心十足地吆喝起来,"修理手风琴——!"

走过一条条街,穿过一条条巷子。拉手风琴的人真是副好嗓子。对于这一点,他本人也已经意识到。他似乎并不在乎有无手风琴好修,吆喝本身就很有意义。这声音给这绝路的小城以一种生命的冲动,小城仿佛一下变得生机勃勃。他有时干脆站住,双手叉腰,朝高空呐喊着。

漂儿跟着他,没有一丝忧愁,有的只是快乐和希望。

"我家手风琴坏了。"一个小孩跑过来,并领着他们到他家去。

但小孩父亲却拉回孩子关上门:"不修不修。"

拉手风琴的人并不走,弯起手指,很有礼貌地叩响了门。

小孩的父亲探出脑袋:"说了,不修嘛。"

"咣当"关上门。

"走吧。"漂儿失望地说。

拉手风琴的人无可奈何,只好走开。可是没走几步又折回去,固执地再一次将门敲响。

"你这人是怎么搞的?!"小孩的父亲见又是拉手风琴的人敲门,恼怒地责问。

"请把你的手风琴修一修!"拉手风琴的人居然用一种命令的口气说。

"告诉你,那手风琴不值得修了!"

"看看再说!"

"算了算了。走吧走吧。"

小孩的父亲没一点念头,顽固地又将门关上。

漂儿有点尴尬。

拉手风琴的人背倚门上,一脸不屈不挠的神情。

"走吧。"漂儿说。

"不!"拉手风琴的人有点蛮横地说,"这手风琴我修定了!"他一屁股坐在门口的台阶上,卷了卷袖子,拉响手风琴,并且越拉越起劲。

门终于再一次打开了。

"决定修了?"拉手风琴的人侧过脸问。

门没有关。

拉手风琴的人朝漂儿一招手:进!

小孩的父亲把一架落满灰尘的手风琴扔在沙发上:"修吧,只给五块钱!"

拉手风琴的人随意拉了拉那架手风琴,点点头。

小孩的父亲对这架手风琴显然已不抱任何希望,只是缠不过这个修手风琴的人罢了。他扔下五块钱,便进卧室睡觉去了。

"他信不过我。"拉手风琴的人说,"就给我几块板子,再给我几片铜片,我都能做出一架好手风琴来。"他拿出工具,眨眼工夫,把那架手风琴拆了个"稀里哗啦"。

漂儿有点担心:装不起来怎么办呢?

随即,漂儿被拉手风琴的人的神奇镇住了:他粘胶、换键、调整铜簧……动作麻利,节奏分明,这中间竟无一丝犹疑和停顿,一气呵成。

"记住,人总得有点本领。"说话间,拉手风琴的人又将那手风琴装好,并将它的外表擦得锃亮,他轻试了几个音符,随即大弧度地拉开风箱,一首热情活泼的曲子便从那只手风琴中奔涌而出。

漂儿简直佩服得五体投地。

小孩的父亲走出来,惊异地问:"那手风琴……是我的?"

漂儿连忙点头。

拉手风琴的人把修好的手风琴放到沙发上,将五块钱往口袋里一插,收拾起自己的东西,拍了拍漂儿:"走了。"

小孩的父亲连忙又掏出十元钱来。

拉手风琴的人用手推开了:"说好了的,五块!"

出了门,拉手风琴的人又不知疲倦地用那洪亮的嗓门吆喝起来往前走。

漂儿就这样跟着他,一天、两天……他们奔走、辛劳、不吝啬地付出,但也享受了这小城能够给予的一切。漂儿觉得自己无时无刻不在长大,无时无刻不在增添智慧和力量。漂儿对漫漫茫茫的路程不再恐惧,不再觉得孤单。

他全心全意地崇拜着这个其貌不扬的拉手风琴的人。

4

大水在夜空下颤着灰白色的亮光。远处水涛的"轰隆"声与近处水浪撞叩堤岸的"豁啷"声,夜风之悲鸣声,没有归宿的水鸟在浪尖上偶尔发出的叫喊声,给灰蒙蒙的小城蒙上一层忧郁的色彩。

漂儿与拉手风琴的人坐在堤岸上。

手风琴朝大水,朝小城,朝夜空响起来了。不知是为环境所染还是拉手风琴的人今晚忽然有了悲壮的回忆,手风琴奏出的乐曲总带着悲凉雄壮的意味。

"你想知道我的故事吗?"

漂儿不知如何回答。

"我不知道我从哪儿来。当我记事时,我已经是一个乞丐。我像一条无家可归的狗,在街上,在荒野流浪,靠别人的施舍,一天一天地度过光阴。那生活是腌臜的。在垃圾桶里,在人家屋后的废物堆上,我像只刨食的鸡那样刨着。有时是为了寻找食物,有时是为了寻找破鞋、破衣服或是空瓶子之类的东西。晚上,我或是睡在车站,或是睡在人家猪圈里。我确实是条狗!当我有了点力气的时候,我也帮人家干过活。不过,那总是看着人家的脸色。我巴结人家,奉承人家,顺着人家说话,人家发火,我一边往后退一边点头,屁也不敢放一个。为了混口饭吃,我无数次心甘情愿地被人侮辱过。一个狗娘养的寻开心,让我亲他的屁股,亲一次一元钱。我亲了,还笑嘻嘻地说好听的。我确实是条狗!就这么长大了。过了十六岁,我隐隐地痛苦起来,特别是当深夜独自一人思想着的时候。屈辱感一天一天地咬着我的心。我懂得了咬牙,懂得了用眼睛冷看这个世界。一个念头越来越清楚地横在我的脑海里:人得有人的活法!是的,我确实很可怜,没有家,没有亲人,甚至不知道自己是谁。但,终究也是个人。这么想着,我敏感起来,仇恨起来。一次,我向一个杂种求点食物,他朝我恶毒地一笑,将手中的饼一撅两半,一半给了我,一半扔到地上给了一条狗。我抓着那半拉子饼,浑身颤抖不止。我将饼猛地砸到他脸上,随即扑上去撕咬他。我怎么也想不到,人一旦愤怒起来会那样地不顾一切。我咬他的胳膊,咬他的耳朵,最后居然咬他的喉咙……那人受了重伤。我被抓进了牢房。那年我十八岁,已是一个小伙子。"

拉手风琴的人停住话头,拉起手风琴。琴声告诉漂儿,他还沉浸在苦涩的回忆里。

"后来,我和许多犯人一起,被送到一个荒无人烟的地方。在那地方,我九死一生,度过了整整十个年头。但那十个年头我黄金不换。它给我的东西,终身享受不尽。我认识了一个人,一个会拉会修手风琴的人。他使我懂得了人,并教给我谋生的本领。我活着走了出来,他却永远留在那里了。我开始了新的路程。路很难走,但我坚决地往前走,从不灰心,也从不可怜自己。与其瞧着别人的脸色到碗里去夹肉,还不如独身一人喝西北风去。总而言之,我必须作为一个人生活在这个世界上。是的,我不过是一个修手风琴的。别人会瞧不起我,比如那天晚上酒馆里那个姑娘。可我自己不能轻瞧自己。一个人不在乎他一辈子做什么行当,关键在于他在做这一行当时得有一种人的神圣感。一有了这种感觉,你便会觉得自己那点微不足道的谋生手段顿时变得无与伦比的伟大。当我终于弄到了一笔生意,当我用我的手我的心灵使那些将要被主人当做破烂而抛弃的手风琴重新有了演奏能力时,我看见了自己。你看见过自己吗?自己!"

他兴奋地拉着手风琴,一会儿挺起胸脯,一会儿弯下腰去,像是在拥抱怀中的手风琴。他久久地沉浸在音乐声中,不肯把思路拉回来,继续给漂儿叙述他的人生。

"当然。我也很知道享受人生。我反对苦行僧,绝对反对!人到世界上走一遭,光知道吃苦,不知道享受,这只能说明他还没把'人'悟出来。小兄弟,告诉你,我只要愿意并且有钱,我也会像那些大亨们一样,住豪华的大饭店,哪怕是一晚,哪怕是第二天我只能喝白开水。有人吵吵着要人一辈子勒紧裤带,他不是不懂人生,就是胡说!我干吗来了?你说,干吗来了?!你能成为一个最富有的游客,你为什么不?问题倒在这一面:当你一无所有的时候,你不要顾影自怜!几十年里,我到处漂泊,走过一座座城市,一个个村庄,天南海北,行踪不定。我走过荒野,也走过世界上最繁华的大街。我在山顶上迎过日出,也在海边一直看着那轮月亮慢慢落进大海。我都是靠自己走的路。我还要什么呢？整个世界不都是我的吗？整个！……"

漂儿瞧见此时拉手风琴的人即使在黑暗里两眼也闪闪发亮。

"当然会有痛苦，可是，小老弟，你必须记住，这个世界上最宝贵的东西不是别的，正是痛苦。那刻骨铭心、让你泪流满面、让你咬牙切齿的痛苦。要珍视它，特别特别地珍视它！"

沉默。具有无限意义的像冬雷一样轰鸣的沉默。

"我要离开这座小城了。"拉手风琴的人说。

"哪儿有路呢？"漂儿望着大水说。

"那也得走。我这个人等不得。我得往前走，不停地往前走。"

同是天涯沦落人。这两人情意切切，竟一夜未眠。那手风琴也断断续续地响了一夜。

5

他说走就走。他掏出身上所有的钱，又卖掉了两件衣服，凑足了数，买动了两个敢于冒险的船工。

漂儿呆呆地站在岸边。萍水相逢，短短几日，别离却是那么地伤心。

拉手风琴的人深表歉意："对不起，小老弟，我喜欢一个人闯荡江湖。再见了！"

漂儿举起手，但泪水模糊了他的视线，拉手风琴的人浑然如一片烟云。

船启动了，在茫茫的大水上，坚定地向前驶去。

拉手风琴的人回过头来，大声地留下一句话："小老弟，记住，这几天是我养活了你，等你有了钱，要想着还我。也许，我们永远地不能相遇了。但你必须想着！因为你不可以欠别人的东西！"

漂儿向他点头，泪水夺眶而出。

大水。

大水。

手风琴在大水之上，雄壮有力地鸣响着。

船越来越小，后来竟成了一个黑点。手风琴的声音也渐渐微弱下去。

1984年于北京大学21楼106室

鱼 鹰

1

暑假到了,住在小城里的树村来到了乡下大舅家。他要跟表哥锄瓜待上整整一个暑假。

这里到处都是水,几乎家家户户都靠捕鱼为生。捕鱼有多种方法,但这里人家一般只喜欢用鱼鹰捕鱼。因此到了傍晚,当渔船载着鱼鹰统统回来时,村前的水面上就到处是鱼鹰的叫声。这里人家不太看得上小鱼,都喜欢捕大鱼,所以都是几家甚至是十几家联合起来捕鱼——单独干,鱼鹰少,势单力薄,捕不了大鱼。

锄瓜是喝着芦湖水长大的。锄瓜刚刚学会爬的时候,爸爸就带着他到宽阔的芦湖上去捕鱼了。锄瓜五岁能游芦湖,七岁荡桨放鱼鹰,十岁那年,大人捕鱼忙,他独自一人驾只小船,头顶星星,唱着歌儿赶了五十里水路,从银花荡买回二十四只鱼鹰蛋,后来孵出了十五只小鱼鹰。

树村的到来,使锄瓜十分高兴。没等树村把凳子坐热,就拉着他的手说:"我带你看鱼鹰去。"

晚霞映红了湖水。湖边停满了渔船。这种小船很好看，长长的，两头翘，像只豆荚，轻轻一荡桨，就能在水面上滑出去十几米远。船两边插着十几根横着的粗树枝，鱼鹰分站在上边，就像一群大鸟落在枝头上。

鱼鹰是一种勇猛的水鸟，乌亮的翅膀，脖子上有一圈紫色的亮毛，两只刚劲的铁爪，一对绿宝石似的眼睛，长嘴巴带着尖利的钩子。

锄瓜告诉树村："鱼鹰可厉害啦，能干的鱼鹰，一天能捕四五十斤鱼呢。"

"这么多呀？"

"有时碰上几十斤一条大鱼，一只鱼鹰斗不过，十几只鱼鹰就一起围上去，在水下追来追去，直到把那条大鱼抬出水面。"

树村禁不住想伸手去摸摸它们。鱼鹰没见过树村，带钩的嘴巴毫不客气地啄过来。树村"哎哟"一声惊叫，赶忙把手缩回来。

锄瓜说："你越怕它，它越要欺负你。"说着，抱起一只鱼鹰。那鱼鹰乖巧地在锄瓜手里梳理着自己的羽毛。

树村找了一根细树枝，畏畏缩缩地去撩逗它。

鱼鹰以为树村要侵犯它呢，猛地叼住了树枝，脑袋一甩，从树村手里把树枝夺了过去，又是狠狠一啄，把树枝啄成了两截，"嘎嘎"地叫了起来。几百只鱼鹰仿佛听到了警报一般，叫成了一片。

树村有点害怕了。

树村八岁了，嫩得像根豆芽菜，胆子针鼻儿大。爸爸买了一只大皮箱，到了夜里，皮箱上两只铜扣闪闪发光，就像两只可怕的大眼睛似的朝树村眨巴着。他将脑袋钻到被窝里叫妈妈："快把电灯拉亮吧，快把电灯拉亮吧。"

锄瓜看了一眼很恐慌的树村,赶紧朝鱼鹰们大喝了一声:"别叫了!"

鱼鹰们的声音就渐渐地低落了下来。

锄瓜抱着鱼鹰走到树村面前说:"来,抱吧。"

树村把手藏到了背后:"它啄我。"

锄瓜说:"它是吓唬你的。"说着,把鱼鹰塞到树村手里。

鱼鹰想要挣脱出去。锄瓜在它的脊背上一遍又一遍地抚摸着,它就渐渐地安稳了下来。

树村学着锄瓜的样子,战战兢兢地抚摸着鱼鹰,慢慢地它也驯服地接受了树村的爱抚。树村笑了。

舅舅走过来,说:"树村,明天和锄瓜一起,跟我下湖捕鱼去吧。"

于是,树村很兴奋。

2

树村上了船,只觉得小船左右摇摆,吓得赶忙蹲了下去,双手死死地抓住船舷。

锄瓜没上船,站在岸上,用竹篙把小船往湖心推了几米远,正当树村着急时,却见锄瓜用竹篙往岸上一点,纵身一跃,高高地腾到空中,划了一个优美的弧形,轻得像片羽毛似的落在了树村的身边。

树村看呆了,直到锄瓜将船撑出去几十米远,才回过神来。那双抓住船舷的手,渐渐松开了,腿也慢慢地有了力量,最后,终于在摇晃不定的小船上站住了。

几十只小船,"唰唰"有声,轻盈地向湖心飞去。

突然,那只领头的鱼鹰"嘎"地叫了一声,飞离枝头,在低空中盘旋了一圈,落到湖里。其他几百只鱼鹰"呼啦"一阵响,纷纷落入水中。

树村好奇地问:"锄瓜哥,怎么啦?"

锄瓜像个经验丰富的老渔民:"发现鱼群啦。"

紧张的捕鱼开始了!

这是一场震撼人心的"大型舞蹈":捕鱼的人们,放开最大的音量,一个劲地叫喊着:"鱼啊!鱼啊!"一只脚非常急促地踩着一块活动的木板,发出"噼噼啪啪"爆竹似的声音。这声音,一是要将湖水深处的鱼震惊,逼它们游动起来,好让鱼鹰们发现,再则是给鱼鹰们鼓劲。桨有节奏地拍击着水面,激起满湖一片雾蒙蒙的雪浪花。小船就在这水雾中,流星一般来回穿梭。渔民们一会荡桨,一会撒网,一会伸出带钩的竹竿把抓住鱼的鱼鹰接到船上,一会又挥舞着篙子,催促鱼鹰们不得偷懒赶快扎入水中。

鱼鹰把各种各样的鱼从水底叼了上来。有鲤鱼,有白鲦,有鲫鱼,有青鱼……鱼鳞在阳光下闪烁着动人的银光。

锄瓜十分灵巧地驾驭着小船,前进,拐弯,后退,停住,把一只只捉住了大鱼的鱼鹰接到船上,从它们的嘴中摘下了鱼之后,又将它们抛入水中。鱼在船舱里蹦跳着,不时地将水珠溅到他和树村的脸上。

树村在心里想:我要是能像锄瓜,就好了。他手痒痒地想给锄瓜当帮手,可是插不上手,只能看到鱼鹰叼到大鱼时又着急又兴奋地叫着:"锄瓜哥,鱼!鱼!……"

锄瓜的眼睛十分锐利,他透过清澈的湖水,看到一只小鱼鹰在水底下追上了一条"大黄箭"。

这是一种十分凶猛的鱼,脑袋锐利,箭一般射出,能突破几层渔网,一摇尾巴,能蹿出去十几米远。小鱼鹰追逐的那条大黄箭,足有二十斤重,比它自个儿大几倍。小鱼鹰却毫不示弱,用嘴巴勾住大黄箭的脊梁。大黄箭在水里滚动翻腾着,想把小鱼鹰从脊背上甩掉,小鱼鹰却死不松口,顽强地跟大黄箭搏斗着。大黄箭仓皇逃窜,小鱼鹰死死不放。

大黄箭朝深绿色的水里急速射去。

锄瓜一见,连忙驾船追赶。

大黄箭越蹿越快,锄瓜死死盯住,拼命荡桨,小船翘着头,贴着水面,像一只黑色的水鸟,直往前飞去。

树村眼睛眨也不眨地看着水中的大黄箭和小鱼鹰。

差不多已经追出一里路了,锄瓜喘着粗气,背心让汗水湿透了,脑袋上的汗珠纷纷落在水里。

树村说:"锄瓜哥,你歇会儿吧。"

锄瓜说:"一歇,就追不着鱼鹰啦。"

大约两里路下来了,左边拴桨的皮带条突然断了,小船在湖里打了一个圈子,转眼的工夫,小鱼鹰和大黄箭已经下去好远了。

锄瓜扔下桨,急忙操起竹篙,使劲撑起来。一阵猛烈的追赶之后,他已经没有多少力气了,现在只是咬着牙坚持着。

大黄箭折腾了这么长时间,也越来越没有劲了。小鱼鹰用爪子抓住了它,腾出嘴来,对准大黄箭的眼睛啄去。大黄箭看不见了,在湖里难受地翻滚着,渐渐地不能动弹了。小鱼鹰叼着它,扇动着翅膀,用尽力气,把大黄箭拉出水面。

锄瓜伸出带网子的竹竿,叫树村帮着,把鱼鹰和鱼一起捞上船。

小鱼鹰张着嘴巴,耷拉着翅膀,瘫在了船上。

已无一丝力气的锄瓜,躺在了它的身边。

失去了动力与方向的小船,在湖上漂着。

树村说:"锄瓜哥,我来荡桨吧。"

锄瓜点了点头。

树村不会荡桨,锄瓜也不看着他,闭着眼睛指点着:"两手用力要一样,动作要齐……"

明亮的阳光,照着静静的芦湖。

锄瓜睡着了。

鱼鹰也睡着了。

树村驾着的小船,在水面上扭着秧歌,但慢慢地,也能扭扭曲曲地前进了……

3

多少天后的一个傍晚,夕阳西照,鱼鹰小队满载而归。锄瓜的爸爸在清点鱼鹰时,却发现丢失了两只鱼鹰!

锄瓜跟爸爸说:"爸爸,我去找吧。"

爸爸说:"不行,天晚啦,又要变天。"

树村说:"大舅,我跟锄瓜哥一起去。"

"不行。跟你锄瓜哥回家吧。"

大人们驾着十几条小船出发了。

锄瓜和树村坐在小船上,看着大人们寻找鱼鹰的小船消失在西边的霞光里。

锄瓜解开了缆绳。

树村立即明白了锄瓜的心思,禁不住一阵激动。

锄瓜一边划桨,一边呼唤着:"嘎、嘎……"

船行不一会儿,天就黑了下来,湖水茫茫,无边无际,和铅色的天浑然地融和在了一起。

晚风从湖面刮过来了,小船摇晃着。

天完全地黑了下来。没有月亮,也没有星星,没有岸边,也没有灯光。

"害怕吗?"锄瓜问树村。

"不……不怕。"树村其实很害怕,幸好锄瓜什么也看不见。

"嘎、嘎……"

他们一递一声地叫着,声音在夜空里向四面八方传播着。

随着时间的延长,两人失望的情绪也慢慢地浓起来。

恰在这时,从远处隐隐约约传来了鱼鹰的叫唤声。

锄瓜惊喜地叫起来:"树村,你听!"

树村出神地听着:"锄瓜哥,我听到了!"

锄瓜扳动双桨,循着鱼鹰的叫唤声,将船划向前去……

湖面上,两只鱼鹰簇拥着一条两尺长的银色的白鲦。天虽然黑了,但它们并没有放弃白鲦,依然坚强地浮在茫茫的湖水上,等着主人。

锄瓜赶忙把它们接到船上。

起风了,湖水晃动起来。锄瓜甩掉衣服,往手上啐了一口唾沫,拼命地扳动着桨,急忙往回赶。

湖水掀起了黑色的浪头,疯狂地向小船扑来。小船失去了平衡,荡秋千一样,在浪头上剧烈地颠簸着。

树村有点畏惧了。

锄瓜宽慰着树村:"别怕!"

小船晃荡得更加厉害了,随时都有底朝天的危险。

锄瓜说:"你来划桨。"

树村问:"你呢?"

锄瓜说:"我跳到湖里,用手扶住小船。不然,船会被打翻的。"

树村听着惊心动魄的浪涛声,不让锄瓜下水。

"你不用怕。"锄瓜说完,跳进了芦湖。

树村使劲扳着桨,不断地在黑暗中叫着"锄瓜哥",生怕锄瓜让浪头卷走。

锄瓜用手托着摇摆的小船,嘴里喷吐着水花。

下雨了,密集的雨点像无数颗石子似的砸在湖面上,湖水好像煮沸了。船舱里,雨水越积越多,小船渐渐下沉。

树村惊慌起来:"锄瓜哥,船要沉啦!"

锄瓜沉着地指挥着树村:"快,用瓢往外舀水!"

一个浪头打过来,把小船掀起老高,树村没有站稳,"咕通"一声栽进水中。

锄瓜一见,松开小船,向树村游去。

树村从水里挣扎出来,惊恐地呼叫着:"锄瓜哥!锄瓜哥!"

锄瓜说:"树村,别怕,别怕!"伸过手去,将树村的手拉住。

小船漂开去了。

锄瓜带着树村,一路追过去。等追上小船,他把树村托到了船上。

又是一个浪头打过来,锄瓜不见了,过了好半天,他才钻出水面,抖掉头上的水珠,问树村:"怕吗?"

树村摇摇头:"我不怕。"

几十只小船找来了,马灯、手电,映亮了芦湖的夜空……

1980 年于北京大学 21 楼 106 室

城边有家小酒店

出城东门,往左走,老城墙脚下有家小酒店。小酒店的主人叫草菊。她还带一个弟弟,叫毛毛。姐十七,弟十五,两人把小酒店经营得蛮好。客人若不嫌弃,肯光临小酒店,姐弟俩就会手脚不停地伺候他,保证让他满意,最后叫他喝得满脸红光,血液流通,筋络舒畅,直觉得浑身轻飘如烟斗里飘出的一缕淡烟,离开了这个闹嚷的尘世,悠悠地,飘进蓝天白云天国中去了。

1

经营这个小酒店当然不容易。要不是家中贫寒得板凳只剩三条腿,说什么姐弟俩也不会到这城边上开这个小酒店。

妈妈生毛毛时,月子里落下病,终年卧床不起。爸爸倒是有心过好日子,好几次想干点大事把家治好,但不是时运不佳,就是他短于算计,常常如俗话说的:二姑娘出嫁——倒贴。折腾穷,穷折腾,折腾来折腾去,家里板凳还是三条腿。他也累了,乏了,没精神了,就差跟妈妈一样也卧床不起了。

泡灰也会发热,忽然时来运转了:在城边住着的旭初先生来了,说上头落实政策,他要回苏州城里去了,正屋卖了,还有两间厨房留着不要了,要白送他们:"该把穷日子了结了,去开个小酒店吧。"这人真够交情。他发配到农村那会儿,就落脚在他们家。爸爸穷,但心好,尽他所能,去温暖那个可怜人儿的心。现在,他报恩来了。穷弯了腰的爸爸泪珠涟涟,抓住旭初先生的手不肯松,摇了又摇。

于是,全家商量了三天,决定身体不好的爸爸留守家中看护妈妈,照料庄稼地。毛毛脑子呆拙,反正也不是读书的料,读个初中也就不错了,跟姐姐去开小酒店。

七拼八凑,一阵鞭炮声,这城边小酒店开张了。

草菊吃粗茶淡饭长大,且又经受着乡野的风吹、雨淋和太阳的曝晒,但却长得清、细、白、秀。十七岁的姑娘,正是散发光彩的大好时光。那弯弯的、柔和的线条,很是迷人。一对黑漆漆的眼睛,常是怯生生地看人,睫毛一张一合,目光一亮一闪,让人生出无穷无尽的好感来。她的声音低低的,细细的,软款款的,微微有点气喘,透出一个姑娘家的如水柔情。

毛毛长得一副憨相,憨得也让人喜欢。

人们喜欢这小酒店。

钱并不好赚。这倒不是说起早贪黑地吃苦。姐弟俩本来就是两个苦瓜,这点苦不在乎。受不了的是碰上那些存心跟人过不去的顾客们的无理发难。城里人脾气大,不像乡下人那么厚道、温情,眼珠子牛牛的,说话冰冰的,像是他们有钱,就该抖抖威风,摆摆阔架子,做做大老爷,若一点不周到,就叫、就嚷,就把筷子拍在桌上,或者干脆一扣盘子给你脸色看。

每逢这时,草菊总是搂着毛毛站在一旁不敢动,眼睛里含着不尽的歉意、吃惊和"不知哪里错了"的惶惑神情。那些发脾气的人一见着这对眼睛,火气也就慢慢地平息了。有的临走时,甚至还道歉:"姑娘,别在意,今天我心情不好。"草菊点点头,眼睛说:没事没事。毛毛憨憨地看人家的眼睛,觉得那人很有趣,很亲切,心里希望他以后再来发脾气。

也有让人很讨厌的人,譬如说眼下正坐在墙角那张桌子旁喝酒的老头。他很瘦小,像粒干瘪的双季稻稻壳。又灰又黄的头发乱乱的,胡子不刮,像一绺枯草,上面挂着酒珠。那脸不知多久没清洗了,糊糊涂涂的。他天天来喝酒,而且屁股极沉,一坐就是几个小时不肯动。他用手捏几粒花生米,仰起脖子张大嘴,把花生米一颗颗扔进去,扔足了,嚼一嚼,然后喝一口酒,喝得龇牙咧嘴,还"吱吱"地响。这老头脾气糟透了,动不动就朝草菊和毛毛发火,而且总是毫无道理。有时,甚至掀桌子扔板凳,硬说姐弟俩不把他放在眼里,欺负他个老头子,还发狠说放一把火把这小酒店烧了。每次来,要了酒就问:"有鱼子吗?"没有。"没有鱼子叫什么酒店!既叫酒店。就应当有鱼子!"他立即就克制不住地流露出不满情绪,"没有鱼子,这酒店就别开,现人眼的!"莫名其妙,难道天下的酒店都必须有鱼子吗?若没有鱼子就都不能叫酒店了吗?

今天,他的态度比以往任何时候还要恶劣,一边狠狠地把花生米往嘴里扔,像孩子砸树上的鸟似的那么用力,一边狠狠地喝,差点要把杯子喝下去。喝一口,狠狠地把杯子放在桌子上,唠叨:"连盘鱼子都没有!鱼子!我要鱼子!没有鱼子我怎么喝酒?……"他甚至含含糊糊地骂人。

坐在另一张桌子上的是个年轻人,长得很精神,总是打一条漂亮的领带,极文雅地喝着酒,一举一动,都显得很优雅。按理说,这样的人是不该到这寒酸的末流小酒店里来的,那丢份子。可是,他却几乎天天光顾。每次总是那么文质彬彬、温文尔雅地朝草菊微笑,然后拍拍毛毛的肩,说要多少酒和菜。别人总是问好价后再喝,唯独他大方气派,总是喝完了算账。他从西服口袋里掏出钱包,拿一张十元的放在台子上,草菊说多少他给多少,从未有过那一般顾客对价格的大惊小怪,更无咋舌之态。

现在,他转动着酒杯,很厌恶地看着老头。

那偃老头露出一副要跟整个世界作对的脸相来,也厌恶地看着年轻人,俨然像一只参着毛的老公鸡。

进来一个大汉,把手里的酒瓶"当"的一声搁在了柜台上,把草菊和毛毛吓了一大跳。大汉瞪着草菊:"什么酒?尿!马尿!白水!妈的,连点酒味也没有。真会骗钱!"

草菊壮着胆子说:"这酒也不是我自家造的,是批发来的。"

"还不会往里面掺水?瞧你那机灵样!"

草菊羞得满脸通红。

"没钱说一声,我白给你。可不要诓人。"

草菊跑进柜台里,拿出一把钱来:"你说吧,赔你多少钱!"眼泪掉在了她的手背和钱堆里。

老实的毛毛也有急了的时候,冲上来,把草菊推开,望着大汉:"赔?陪你坐会儿!"

大汉恼怒了,揪住毛毛要揍他。这时,只听见有人拍了一下桌子,掉头一看,那个年轻人站了起来,侧着脸,居高临下,蔑视着那个大汉。这时,他显得更加英俊,更加光彩动人。过了一会儿,他走过来,把一张十元的票子拍到大汉的手上,然后抓起酒瓶,远远地扔到了窗外。在他威严的目光下,大汉讪讪地走了。

那老头忽然笑起来,笑得很怪,甚至有点阴。

年轻人又恢复了文质彬彬的样子,朝草菊微微一笑,拍了拍毛毛的肩走了。

"哈,哈哈,哈哈哈……"老头笑得更响,忽然停住,举起酒杯,"那汉子说得对,这酒就是水!不是水还是酒吗?"他把酒杯倾斜下来,让酒流下,酒珠四下飞溅。最后,他把酒杯往桌上一扔,嘴里说着:"没有鱼子,也叫酒店?"嘟嘟哝哝地走出门去。

姐弟俩望着眼前杯盘狼藉的景象愣了一会,叹了口气,便不声不响地收拾洗刷。等把小酒店收拾得干干净净、一尘不染,城中鼓楼上的大钟已敲响夜里十一点,喧嚣的城市已归于一片宁静。推门一看,城边大河里停泊着的数以百计的船上,小马灯都熄了,灯光闪烁的大河变成黑色的大龙,迤逦在城市边上。

朦胧的月色下,依稀见着几根未放倒的空桅杆竖在夜空里。杆端的小信号旗在风中"嗯嗯"地响。

他们很累了,坐在那里歇着,目光疲倦而淡漠。

草菊望了一会儿柜台上的酒瓮,走过去,舀了半碗酒。

"姐?"

"他们都说是水。我尝尝。"

"姐……"

"咕嘟",草菊喝了一口,呛得连连咳嗽。

"别喝了。"

"再尝尝。他们都说是水。"

"姐……"毛毛拉住草菊的胳膊。

"你也尝尝吗?弟?"

"嗯。"

姐,弟,轮替着喝,一碗喝下了,又喝了一碗。

那大汉和老头实在是无赖。那酒实在是好酒。姐弟俩直觉得有一条火蛇在血管里游动着,一股热量,向全身"呼呼"漫延,直觉得漫延到每一根头发,头发梢梢上迸出一粒粒淡蓝色的小火花。他们走动了两下,觉得自己整个人儿没有了,就还剩一颗魂儿,飘飘的,像羽化成仙了。

醉了。

草菊手里抓着空碗,倚在柜台上,望着毛毛毫无理由地笑。毛毛觉得脑袋沉甸甸的有笆斗大,坐在椅子上,把头靠着墙,望着姐笑,笑得有点痴。草菊兴奋得两颊潮红,轻轻地唱起来,味道醇厚的乡野小曲,透过小酒店的窗子,朝大河里播扬开去:

> 白果树,开白花,
> 白家嫂子生娃娃,
> 请了张娘来催奶,
> 一盘田螺一盘虾,
> 虾芒戳了张娘嘴,
> 田螺卡了张娘牙……

唱了一曲又一曲。毛毛听得很快活,拿根筷子敲着碗,碗就发着清脆的音,应和着姐姐的歌。

唱累了,草菊把空碗放在柜台上,用胳膊搂住自己的肩,把眼睛闭成两条好看的黑线。不知过了多久,从那两条黑线间滚出泪珠来,顺鼻梁而下,在灯光下晶晶地亮。

"姐……"

草菊压住哭声,在喉咙里呜咽着,把少女的胸脯起伏着。毛毛不知所措地搓着手。

"弟,姐姐命不好……爸爸妈妈不该让我们来开小酒店,不该……他们也真没有用……上中学了,我还穿妈妈出嫁时穿的红衣裳……没念完中学,就回家种地,离开学校时,我抱住学校大门不肯松手,哭呀,哭呀……大寒天,雪花飘飘的,我跟大人一起去挖大河,一担泥百十斤重,爬高坎跌倒了,挣扎半天爬不起来……我想念书,多想念书呀!人家三妹子都上大学了,暑假回来,胸前戴块白牌牌,多美气,一路走,一路的人瞧着。她念书可念不过我……弟,你姐姐命真不好……"草菊哭出声,越哭声越大,到了最后泣不成声,趴在柜台上,用嘴咬住袖口,身体剧烈地起伏,像只断了缆的独舟在浪上颠簸着。

毛毛走到草菊身旁:"姐,以后我听你话,不偷懒,早早起,多干活,晚上也不去戏院里看戏……"

草菊抬起头,用手把被泪粘在脸上的几缕青丝挑开去,一笑:"姐喝多了,尽瞎说呢。弟,天不早了,睡觉吧。"

2

日子一日一日地过去,有哭也有笑。

草菊不再悲伤了。有时忙着忙着,不知想起什么,脸一阵红,独自羞涩地抿嘴笑起来。活很多,但她总是轻哼着小曲不慌不忙地干,不见累,不见愁。有闲暇,她就上街去,买一枚橙色的发卡,或是买一块雪白的纱巾。不打扮就够俏丽的了,一打扮,更美得惊人。不受野风吹,不受阳光晒,整日在屋中,她的肤色越发的娇嫩,脸颊上一天到晚泛着淡淡的红润,尤其是到了晚间,柔和的灯光一照,脸色更娇美,楚楚动人。在城边住久了,不知不觉,她慢慢地染上了城里姑娘的气息。乡下姑娘的纯朴、结实,加上城里姑娘的清洁、灵活和柔软的体态,草菊的小酒店迷倒了一片人。

那个年轻人还是天天来。

这天晚上,草菊对毛毛说:"那位大哥给了一张戏票,你去吧。"

毛毛说:"姐,你进城还没看过戏呢,你去吧。我会伺候客人。"

"还是你去吧。"草菊说,却抓着票并不往毛毛手里送。

"你去嘛!"

"你不去,我就去。"

草菊去了,毛毛把客人们伺候得很好。现在,只剩下那个让人讨厌的老头还在独自一人喝闷酒。他一旁坐着等草菊:姐怎么还不回来呢?

老头又喝了两小杯酒,草菊才回来。

草菊进了小酒馆,头一低,到里屋去了。毛毛跟着走进去,只见草菊咬着嘴唇,微微地笑。

"姐,怎么才回来?"

草菊脸红了:"在街上走走……"她有点上气不接下气,"弟,外面还有客人呢。"

毛毛出去后,她赶紧照镜子,一边照,一边羞涩地笑。她的目光变得异常的柔和明亮。她把一缕青丝咬在嘴里,痴痴地在想些什么。忽然她把镜子反扣在桌子上,双手捂住脸。她觉得脸发烫。过了好一会儿,才把手挪开,接着又去照镜子。她觉得她的头发很黑,嘴唇很好看,薄薄的,红红的,亮亮的像涂了油,眼睛、鼻梁、下巴都很好看。再低头一看自己的胸脯,她闭上了眼睛。

毛毛探头望着她,傻呆呆地:姐怎么啦?

后来,她慢慢平静下来,就和毛毛坐着等那老头喝完酒走。

夜很深了,那老头拈着酒杯,谁也不看,用破锣似的喉咙唱起来:

一更鼓儿上,酒是糯米浆,
开坛十里香,吃酒人一见喜洋洋,
天下忧愁且莫管,只要有杯安魂汤。
二更鼓儿下,有酒就有话,
吃酒之人心凄惶,酒能把愁化,
莫道杯中是毒物,苦人儿喜欢就别问价。
············

老头唱完"五更",伏在桌上"呜呜呜"地哭起来,像个孩子。

姐弟俩过来:"大爷,你怎么啦?"

老头醉眼蒙眬地望着他们,有点像撒娇:"你们走开去,我不用你们管。还有谁疼我,没有人疼我。她死了,死了……"

"大爷,你说谁死了?"草菊问。

"我老伴。你们不认识?好人哪,天底下找不出第二个。她比我大五岁,比我高一头呢,我结婚时都害怕她,不敢进洞房。只有她知道疼我。冬天,她把我的脚拉到她胸口上,给我焐脚;夏天,她给我扇扇子,一直把我扇睡着了。只有她知道疼我。她把我当孩子。我犯倔了,她就哄我。我上哪儿去,她不是跟着我,就是千叮嘱万叮嘱,让我路上小心。只有她知道疼我。每天晚上,她都给我准备好酒菜。我小时候是在渔船上长大的,我喜欢吃鱼子。她就天天给我准备一盘鱼子。谁疼我,只有她疼我。可是年初,她得病死了,把我扔下,她走了……"老头全然不顾自己的岁数,胡子被泪珠弄得湿淋淋的。

"大爷,大爷……"姐弟俩摇着他的胳膊,"别哭了。"

"我要吃鱼子。"老头抹着眼泪,真像个孩子。

"明天给你弄鱼子。"

"不骗我?"

"不骗你。"

"我要辣豆瓣煮鱼子。"

"给你辣豆瓣煮鱼子。"

"多放点辣豆瓣。"

"就她知道疼我……"老头趴在桌上哭了一阵,胳膊往下一垂,睡着了。等他醒来,发现自己正躺在毛毛的小铺上。再转眼一看,姐弟俩坐在另一张小铺上合披块毯子,肩挨肩地睡着了。他轻轻起床,把被子盖在他们身上。"这两个孩子……"他鼻头一阵发酸,走出小酒店,坐在河边上,望着醒来的大河上船来船往,热热闹闹的,他打算好好地活。

3

晚上,老头又来到小酒店。像换了个人,他不再恶声恶气的,变得很温和。他向姐弟俩笑着点点头,然后径直走向他喜欢坐的那个位置。

"大爷,几两酒?"草菊问。

老头举起四根指头。

毛毛把四两酒打到杯里,正要给老头送去,草菊却把杯子接过,转过身,背对着老头,把酒又倒出一两来。

"姐?"

"给大爷送去。"草菊慧黠地一笑。

"再给我来盘花生米。"

"不,大爷,来一盘鱼子。"草菊说。

"鱼子?"老头站了起来,老眼里透着疑惑和惊讶。

草菊点点头,从柜子里端出一盘金光灿烂的鱼子走过来。

老头揉了揉眼睛:"鱼子?鱼子!真是鱼子!"鱼子当真这么好?他竟浑身打起颤来。

草菊扶他坐下。

"是鱼子吗?"他有点呆了,愣不相信自己的眼睛。

"尝尝。"

老头拿起筷子直哆嗦,举在空中半天,才朝鱼子伸过去,夹了一块送到嘴里,哑巴哑巴:"是鱼子,是鱼子呀!味道好!"他连吃了几筷,大口喝了一口酒,眼睛一眨,觉得日子妙不可言,得意地点点头,燃起一支烟,跷起腿,眯缝起眼睛来,嘴里轻轻地哼唱着老调子。

从此,老头常常能吃到鱼子。

可是后来冬天到了,河冰封了,鱼很难捕到,市面上更难买到鱼。即使能买到,现在也不是鱼产子的季节,还是取不到鱼子。有半个月时间了,老头只能以花生米下酒。老头当然不会发火。可姐弟俩却觉得小酒店有点对不住老头。

"弟,你跑东半城,我跑西半城,到各家大饭店跑一跑,人家有大冰柜,冰着几个月前的鱼呢,挑肚皮大的买。"

姐弟俩跑了上午跑下午,一天下来,竟奔回四五斤鱼子。他们把它包好吊在窗子外面冻着,以备慢慢地煮给老头下酒。当晚老头又看到毛毛端上一盘金光灿灿的鱼子来时,老头哽咽了半天竟吃不下去。

老头再出现在小酒店时,已刮了胡子理了发,换了一套新衣裳,看上去年轻了十岁。姐弟俩见了真高兴。

只有一点,草菊有点不乐意:老头一看见那个年轻人,骤然间就冷脸。一天晚上,他等人走净了,抓住扫地的毛毛的胳膊:"你要护着姐姐,当心那个'领带'。"当他看到毛毛也不以为然时,失望地摇摇头,走了。

草菊着了迷似的喜欢那个年轻人,喜欢他的头发,他的眼睛,他的嘴形,他的声音,整个儿都喜欢。她常常跟他幽会去。草菊觉得自己长大了,几乎是在几天的时间里,她觉得自己的胸脯、胳膊和腿都忽然变得丰满起来,发紧,让人害臊。她爱做梦了,一惊一乍的,醒来时,甜甜地、痴痴地笑,直到天亮也睡不着。

当草菊偶尔一次发现老头远远地跟着她和那个年轻人,警惕地用眼睛盯着时,她有点生气了:这个大爷!

老头觉察到了草菊不快的神情,叹了一口气,转身走了。后来,有几天时间没来小酒店。

春天到了,阳光变得很有力量。地气袅袅地升腾,空气里含着水分。天高了,泥土黑了,草木发芽了,天空鸟儿多了,河里的流水声清脆了。

草菊卸了冬装,像城里人穿着一件毛茸茸的羊毛衫,浑身洋溢着温馨的少女气息。在这春光里,生命在她的身体中更加活跃地流动着。

日子就这样一天一天地过去了。

一个明月高悬的夜晚,她却失魂落魄、踉踉跄跄地回到了小酒店。

"姐……"毛毛惊愕了。

草菊头发蓬乱地耷拉在脸上,面色苍白。

"姐,你怎么啦?"毛毛摇着她的胳膊。

她仿佛失去了知觉,任毛毛摇晃着,却不肯说话。

毛毛忽然想起老头的话,似乎明白了什么,离开草菊,坐到门坎上,目光里闪着一个少年的凶狠。

夜深人静,她坐在床上,一动不动。她神情恍恍惚惚,似乎想起什么童年时见到的情景来:春天,田埂上草青青,开着五颜六色的花,她掐了一朵金黄色的,戴在头上,然后跪在水边照着自己;秋天整理桑田,看见树上有一窠小雀儿,一只只毛茸茸的,眼睛亮亮的,她用指头一碰窠,都张开黄嘴,"唧唧"地叫,扇着羽毛未丰的翅膀争着跟她要食吃,真叫人怜爱;村东腊月姑娘出嫁了,脸上蒙着一块红纱巾,哭着离开了妈妈家……

4

毛毛坐在河边上,身体一仰一俯,磨刀"霍霍",恶狠狠的。

草菊一旁默默地看了一阵问:"弟,你要干什么?"

"我要杀死他!"

草菊走过来从他手中拿下刀,走进屋里。

"还我!"

草菊摇了摇头。

一夜之间,她瘦削了许多,那对水灵灵的眼睛,枯了,暗淡了,红润的嘴唇脱了血色,发白,像是重病缠身。以往几乎是紧绷在身上的衣服似乎变大了,显得空荡荡的。

"弟,我们回家吧。"

"关门?"

"嗯。这一年我们赚了不少钱,上回回家都交给爸爸了。他办了个养貂场。回去帮他放貂吧。现在,我们一起去找一下大爷。"

正说着,老头来了。

"你们这是怎么啦?"老头疑惑地问。

草菊一笑:"没有什么。"

"真没有什么?"

"真的。"

"没有什么就好。"

草菊从口袋里掏出三十元钱,放在老头手上:"大爷,您说过,您过去在皮鞋厂做工,现在退休了,闲得慌。您拿这钱去买一套修鞋的工具,在南边路口修修鞋吧,找点事干,您心里就不空啦。"

"说的是。但这钱我不能要。"

"是您自己的。"毛毛说。

"我自己的?"

"我姐每次少给您打一两酒,一年下来,就替您攒了这笔钱。"

"大爷,去买吧。"草菊说,"早上迟点摆摊子,晚上早点收摊子。晚上喝点,但别贪杯。"

老头望着手中的钱,用手指弹了弹,点点头,又点点头。

晚上,人们发现小酒店关门了。

草菊和毛毛回到乡下的家中。

他们一进那间低矮的茅屋,就觉得家中出了什么事。因为妈妈一见他们就哭。

"怎么了,妈妈?"草菊问。

"你爸吐血,住医院啦。"

"爸吐血了?"姐弟俩一起走到妈妈身边紧张地问。

"我们家也不知倒了什么霉啦。你爸养的那五十只紫貂,得了病,不出三天,就一只也不剩了。他想,孩子好不容易挣的钱,一下扔进水里,又急又恼,吐了一大口血倒下了。"

姐弟俩目光呆滞,默默无言。

两天以后,姐弟俩用船把爸爸接回家中。

爸爸难过地说:"我对不起你们两个孩子……"

草菊连忙用宽心的话安慰爸爸。

"你们这次回来,要多住些日子吧?"爸爸说。

毛毛正要说他们再也不开小酒店了,草菊却立即用眼神制止住他,对爸爸说:"我们回来取点东西,明天一早就走。"

爸爸见草菊很瘦弱,说:"要么这样吧,我换换草菊。"

"不,爸,还是我去。明天早上,我就走,就走……"

第二天,姐弟俩又回到了城边。

紧挨小酒店门口,老头正戴着老花眼镜在修鞋。

"大爷。"姐弟俩走到老头的面前。

"回来啦?"

"嗯。"草菊问,"您怎么不到南边路口去,那儿生意多。"

"我在给你们看门哪。"他望着姐弟俩,"以后,我也不会到南边路口去。我就守在你们的门口。孩子,放心开你们的小酒店吧。有大爷呢。"

5

小酒店又开张了。

草菊和毛毛只是默默地伺候着客人们,很少有笑脸。偶尔一笑,也带着苦涩。那些客人们过去很难伺候,像是不挑剔出点什么毛病来决不算本领,不找点事,到小酒店就算枉来了。草菊赔不尽的笑脸。毛毛也得忍着,老老实实地听人家横挑鼻子竖挑眼好不委屈,晚上向姐姐哭,发誓他不干了。然而现在,客人们一下子都变得那么通情达理,那么脾气温和。他们很少找麻烦,甚至故意夸大他们到了小酒店以后的舒坦,临走时一个个显出心满意足的快活样子来。

老头非常固执地把鞋摊设在小酒店门口,决不肯到南头路口去。他打量着每一个进入小酒店的人,有时能把一个陌生人盯得很不自在。他并不想赚钱。他不缺钱,只是用修鞋来填补一段荒凉的空白。当他一边修鞋,一边跟人家拉呱时,他感觉到了一种乐趣。当他看到人家穿上他修好的鞋舒服地走开时,他觉得自己活得很有意思。当人们感谢他,临走时,亲热地说一声"再见",他衰老寂寞的心里,会荡起一阵细细的暖流。晚上,他就长时间地坐在小酒店里,慢慢地往下渗酒,一直等最后一个客人走了,他对姐弟俩说一声:"早点睡吧。"才放心地离去。

他是小酒店的保护神。

这天,"领带"又来了,他身后还跟了三个浑身透着野性的人。他们一进小酒店,就用目光,在草菊脸上舔来舔去。草菊顿时恐慌起来。

毛毛立即站到草菊前面。

"领带"和那几个人坐下了,叫道:"酒!"

草菊打了酒,战战兢兢地欲要送去,毛毛却把碗接过来,毫无畏惧地走向那伙人。

"没有叫你送酒!""领带"一扫文质彬彬的神气,一挥手,把酒碗打到空中,酒飞溅出去,碗掉在地上打得粉碎。

老头瞪了他一眼,走出了小酒店。

草菊求援地望着老头。那眼神在说:"大爷,您别走。"

老头却还是走了。

毛毛的胸脯像老柳树下的青蛙的肚皮那样起伏着,朝那年轻人逼近了一步。

"弟!"草菊不顾一切地跑过去,把毛毛拉开了。

"酒!""领带"说。

"酒!"其余的三个跟着叫。

草菊又打了酒,端上,用眼睛阻止着毛毛,然后端着酒朝"领带"走去。当她把酒放在桌上时,那年轻人趁机捉住她的手:"你,为什么不到我那儿去?"

三个同党"嘻嘻嘻"地笑起来:"你去过。"

草菊使劲挣脱了他的手,走回柜台里。

毛毛把草菊推到里屋,面对着他们,显出要玩命的脸相。

老头又回来了,后面陆陆续续地跟了一大帮人。他们一声不响,把剩下的空桌子都占了,也都喊:"酒!"

毛毛给他们分别送上酒。

小酒店里只有"吱吱"的一片喝酒声。这单调枯燥的声音持续了很长时间。

"领带"终于恼火了,叫了起来:"我的小妞儿,你出来!"

"小美人儿,出来!"三个同党叫完,笑得前仰后合。

毛毛抄起一只酒瓶,直朝"领带"一伙人砸去。其中一个猝不及防,被酒瓶打中了脸,摇晃了一下,差点栽倒在地上。

小酒店一片沉寂。过了一阵,"领带"和他的三个同党,眼中闪着凶光朝草菊和毛毛走来。

草菊挡在了毛毛的前面,眼睛含着愤怒与恐惧。

"领带"笑着抓住了草菊的胳膊。

这时老头忽然一拍桌子,众人一齐站了起来。

"领带"他们愣住了。

老头和他带进来的那些大汉,目光炯炯地逼视着"领带"他们。

"出去!"老头指着门外。

"滚出去!"老头吼叫了。

当他带来的大汉们像山一样压过来时,"领带"和三个同党如惊弓之鸟赶紧溜了。

老头走过来,望着姐弟俩:"吓着了吧?别怕,别怕。"他指着那几个大汉,"他们能不费吹灰之力把他们几个宰了。他们是屠宰场的。我一请就来了。好人满街是。怕什么!"

他们拍着胸脯:"有我们呢,别怕!"

这一夜,草菊和毛毛还是睡得一惊一乍的。天亮时,他们打开门,眼前的情景使他们终身难忘:老头裹着衣服,抱着一根棍子,倚在门边睡着了。

为了小主人的一夜安宁,他守在小酒店门口整整一夜。

6

大约两年以后,正当草菊的爸爸将第一批紫貂以一个好价钱卖出,也正当小酒店办得越来越兴隆时,小酒店却在一个早上拆毁了——城市扩建,这城边的小酒店得到了铁的命令：拆！

这个曾带来橙色的梦和白色的幻灭的小酒店,从此在这个世界上永远地消失了。

几堆碎砖,几根烂木,装在一只木船上。

那个白发苍苍、腰背开始佝偻了的老头和那几十个小酒店的常客们站在河边上。

草菊和毛毛站在船上默默地望着这些好人们。

船,走了,离开这座城,往远远的乡间去了……

1986年于北京大学21号楼106室

古　　堡

　　这山拔地而起,直插云空,看上去,简直没有一点坡度,像天公盛怒之下,挥动一把巨斧往下猛劈而成:巍然、险峻,望着就叫人感到恐惧。

　　然而,它对于山下的孩子们——甚至是山下的全体居民来说,却有一种深厚的诱惑力。听老人们说,就在这云雾弥漫的山巅,有一座古堡。是古代战争时垒就的,可以瞭望和狙击山那边的入侵之敌。

　　但谁也没有见过那座古堡。

　　此时,这座大山的孩子——麻石和森仔,却正朝山巅攀去。

　　他们还在七岁的时候,就瞒着大人往这迷人的山巅爬过,可是失败了——只爬了十三分之一,就灰溜溜地滚了回来,叫山下的全体居民可劲地嘲笑了一顿。于是,他们年复一年地仰望着那云雾深处里似有似无的山巅,攥紧拳头,在心里发狠:你等着!

　　现在他们长到了十四岁,个子高了,壮实了,有劲了,连说话的声音都变得让自己吓了一跳——那么响亮!"大啦!"老人们说。于是,他们想起了七岁那年的失败,又开始往山巅攀登——他们坚决要成为今天这个世界上第一个看到古堡的人!

现在,他们已是出发后第五次坐下来歇脚。他们回头看了一下山下,只见村里的房屋小得像火柴盒,村前那条小河,像一条闪光的带子,马和牛成了一个个黑点。可是抬头看,山巅仍然还很遥远,它一会儿从云雾里显现出来,一会儿又被云雾所笼罩,一副神秘莫测的样子。他们一个倚着峭壁,一个侧卧在石头上,谁也不说话,谁也不愿让伙伴看出自己内心的动摇,互相把目光避开。

一只大雕在山腰间盘旋,黑色的翅膀在阳光下闪闪发亮。它似乎对这两个孩子的行动感到惊奇,在他们头顶上飞来飞去已有了一段时间了。

麻石忽然对自己生起气来,转而抓了一块石头,站起来,朝空中砸去:"滚!"

大雕展开翅膀,闪电一样斜滑而去。

"走吧!"麻石对软瘫在石头上的森仔说。

森仔看了一眼麻石,依旧卧在石头上。

麻石也坐下了,用手抱着尖尖的下巴,一对山里孩子才有的黑眼睛望着白云飞动的天空。

回去吗?他们是当着全村孩子的面宣布上山看古堡的,当时说得很肯定,充满信心,就像将军宣布自己将要远征那样豪迈、庄严。孩子们为他们"哗哗"鼓了掌。才爬了这么一点就回去,除了落得一个嘲笑还能落得个什么?他们仿佛看到了一个又一个孩子的模样:有闭起一只眼睛而用另一只眼睛乜斜着打量他们的,有索性闭起双眼根本就不看他们的,有搂着肚子笑得在地上滚成一团的,有站在大树下朝他们指指点点的……

现在他们不是七岁,而是十四岁。十四岁的孩子很知道自尊和名誉了。

不知过了多久,他们不约而同地站起来,手拉着手,朝山巅攀去。

山没有路,又十分陡峭,他们几乎是像猫爬柱子一样把身体贴在石壁上。他们不能朝下看,一看简直觉得这山是直溜溜地矗立着的,脚一滑就会直坠下去。也不能朝上看,云在飞,在旋转,那会使他们产生错觉:那山在大幅度地摇晃着。他们只能看着眼前,一脚一脚地往上登。

那只大雕又飞回来了,一直跟着他们。有时,他们脚下突然一滑,它就会一斜翅膀猛地飞过来,像是要用它那对强劲的翅膀托住坠落的他们;见他们平安无事,才又一拉翅膀飘开去。

这是夏天的太阳,熊熊燃烧,炙在人身上,叫人感到火辣辣的。麻石和森仔完全暴露在阳光下。他们汗流满面,脱掉的褂子别在裤带里,光光的、黑黑的脊梁上,汗水像一条条小河在流淌着。他们希望看到一棵树,一片灌木丛。可是,让他们看见的尽是被阳光烤得灼人的石头。他们口渴得厉害,一边爬一边用舌头舔着干燥的嘴唇。

当森仔再一次摔倒、脑勺碰在硬石头上后,他开始埋怨麻石了:"就是你,说要去看古堡的!"他一屁股坐下来,喘着气。

麻石也喘着气。他看了森仔一阵,也一屁股坐下来:"你也说了!"

森仔坐着,汗还是不停地流,淌在石头上,很快被吮干了。他抹了一把汗,可是汗马上又讨厌地流了出来。他忽然狠狠地抱起水壶,一仰脖子就喝,"咕噜咕噜",来不及咽下,水从嘴角溢出,流到脖子里。喝尽了,他跳起来,朝太阳咬咬牙,把空水壶扔在麻石脚下,然后,抢在麻石头里朝山巅爬去。

麻石歉疚地看着森仔,站起来,跟上去。没有错,是他首先提出去看古堡的。不是他的主意,森仔这会儿也许正和其他孩子在山脚下的那条凉快的小溪里惬意地游水或抓鱼呢。他忽然觉得欠了森仔点什么,并对自己的行动有点懊悔。

他们与大山一直沉默着。

到中午时,麻石水壶里的水也喝尽了。而这时的太阳才是真正的太阳,它发着威风,朝两个孩子垂直地喷吐着烈焰,像要烘干他们。他们处在光溜溜的石头上,没有任何可以躲闪的地方,水分从这两个尚未成熟的躯体里迅速地挥发、消耗。饥渴!饥渴!饥渴!他们张着嘴巴,像暑天里瘪着肚皮喘气的小狗。有时,他们眼里溅着火星,有时则一阵发黑。如果现在有一场雨,他们会仰起脸,伸开双臂张嘴冲着天空,让雨水灌饱。如果现在眼前有一条河流,他们会不管水流多么湍急,不顾一切地扑到水中。他们的眼神变得焦灼,带着野性。两个孩子之间的对立情绪也随着这饥渴程度的增加而增加,坏脾气的森仔,动不动就瞪麻石一眼,像要等个机会跟他狠打一架似的。

爬着,爬着……

他们忽然停住了,屏住呼吸,像是两只小动物在谛听什么。

"水声!"麻石叫起来。

"水!"森仔欢呼了。

一切怨恨顿时因为这淙淙的流水声而消失了,他们手拉着手,循着水声朝前跑去——情况却使他们大失所望:是有一条泉流,可是,它在两道峭壁之间极为狭窄的缝隙里流动着,望得见,却绝对够不着。

那水声在深深的峭壁间,挑逗似的向他们欢响着。

他们趴在峭壁上,伸着脑袋,贪婪地望着这股清冽的泉水在"哗哗"流动,眼珠儿都快跳出来了。而他们背上,太阳却更厉害地曝晒着。他们喘着气,额上的汗珠大滴大滴落进水中。这"哗哗"水声让他们产生希望,可又粉碎了他们的希望。它只能煽动起两个孩子一种仇恨的心理。他们朝水咬牙切齿,然后爬起来,疯了似的朝水里扔石头。

回答他们的只是一阵阵漠然的水声。

他们终于筋疲力竭地瘫坐在地上,用手捂着耳朵,不让自己听到这清脆的、甚至含着甜味的山泉声。

失望带来的怨恨在森仔心里急剧地增长着。不知过了多久,他突然起身往回走去……

"森仔!"麻石叫道。

森仔根本不理麻石。

"森仔!"麻石追了上来,一把抓住森仔的胳膊,"你上哪儿呀?"

"回家!"

"不!"麻石执拗地说,"我们不能回家!"

"你松手!"森仔叫着,眼睛好凶。

"逃回去吧,胆小鬼!"麻石喊起来。

森仔挥起拳头,对着麻石的鼻梁,"当"的一拳。壮实的森仔,力气可比麻石大多了,麻石一下子被揍得趴在了地上。过了很久很久,他才从地上慢慢抬起头来——他的鼻孔下挂着两道血流!

这两个孩子长时间地对望着。

"走吧,你走吧!……"麻石转过身去,独自一人往山巅爬去。他爬得很快,喉咙里"呼哧呼哧"地响着,脚下不时有碎石被他蹬翻,朝山下"咕噜咕噜"滚下去。

……天黑了,麻石在一大块平滑的石头上歇下来。茫茫的夜色里,远近山峦,有浓有淡,寂寥地矗立着。月亮在云里游动,山影随着它的出现隐没,一会儿清晰,一会儿模糊,那只大雕一天来始终相伴,这时也停在远处一块突兀的岩石上。

无底的寂静。

炎热早已退去,凉爽的夜风阵阵吹来。恐惧和侵入肌骨的凉气使他紧紧缩作一团,他希望大山里能有声音,哪怕是一声鸟啼、半声鹿鸣。

这个孩子在寂寞、恐惧、寒冷中煎熬着。他已连后悔的心思都没有了。不知过了多久,他忽然听到离他约有三米远的地方传来人的叹息声,他猛地回头——月光很亮,森仔抱膝坐在那里!

两个孩子同时站起来,然后走近,互相紧紧搂抱着哭起来。

"没回家?"麻石问。

森仔摇摇头:"我……我一直跟着。"

他们紧紧挨着躺在石头上。

"想想那座古堡好吗?"麻石说。

森仔点点头:"它很大,很高……"

"很结实,还好好的。"

"肯定的!说不定我们还能看见那时候打仗用的炮呢,就像老师讲课时提到的古炮!"森仔有点得意洋洋。

"有小件的,像剑呀什么的,我们就带回去。"

"你知道古堡是什么样子吗?"森仔问。

"像碉堡,四四方方的。"

"还有放枪放炮的口。"

"我们是第一个看见古堡的!"

"第一个!"

"第一个!"

两个孩子在对古堡的幻想中得到鼓励,变得无比地兴奋。

"你看,不远了。"麻石指着山巅说。

"明天,赶在太阳前头爬上去。"

麻石紧紧抓住森仔的手。不一会儿,他们像那只雄厉的大雕一样,闭合上疲倦的眼帘……

五更天,他们又出发了。他们唱着、叫喊着,一口气爬完最后一段山路,黎明时终于登上了山巅!

到了,啊,到了!

他们先是直愣愣地站着,像两块石头,接着伤心地哭起来——山顶上根本就没有什么古堡,只有一堆乱石——也许这就是古堡的废墟。

这两个孩子忽然双腿一软,扑倒在石头上,好久,他们才爬起来,一副沮丧的面孔。

半山腰里,传来了微弱的呼唤声——大概是大人们找上山来了。

他们呆呆地坐在山顶上。

天色在发生变化——太阳正在升起,先是满天的霞光,紧接着,从白茫茫的雾霭里,露出它的顶部。他们仿佛听到了太阳在升起时发出的"轰隆隆"的声音……它最后一跳,终于全部升上天空,看上去像一枚巨大的橘子。

万缕金光,照耀着早晨湿润的群山。大雕在光影里舒徐地飞动。

"它不是我们原先看到的太阳。"森仔说。

"它不像太阳。"麻石说。

"这是太阳吗?"

"不是太阳是什么?"

这两个孩子坐在山顶上,面对着太阳开始泪汪汪地唱歌,麻石唱一首,森仔唱一首,麻石唱了七首,森仔唱了七首,两人一起又唱了三首……

1982 年 1 月 1 日于北京大学

疲惫的小号

1

音乐学院演出厅背后的树林是浓浓的黑暗。他无声无息地坐在黑暗中的长椅上。

乐队正在演奏。演出大厅在夜的天光下,更显出一番神圣与高贵。它像一座高高的城堡。它本身就是凝固了的音乐。

有一阵,他的灵魂从黑暗中起飞,回到了这座巨大而深邃的大厅里。

柔和的灯光照着舞台。紫红色的天鹅绒帷幕。黑色的演奏服里露出雪白的衬衫领子。观众的额头在半明半暗的光线中发亮。音乐把他们带入天国,带入净土,也把他们带入幽静和欢闹。音乐是一种精灵。它在诱惑和启迪着人们的灵魂。在片刻之中,尘世消失了,一切丑恶和邪念皆遁去,剩下的只是一片干干净净的天真。

他演奏的是小号。

小号在暗色的背景下闪着古朴的亮光。小号的声音悠扬明亮,小号的声音单纯宁静。

他是乐团唯一的小号手。他的演奏是真正的,地道的。

他聆听着从那座"城堡"溢出的乐音:如潮,如云,如风,如雨,如秋之天空那般高远……

他追忆着从前。近来,他总是沉湎于这种追忆。

小号声从"城堡"中流入了夜空。

他不由得一阵神经质的颤抖。这个位置,本属于他。他感到愤怒,并有一种深刻的妒意。随即,便被一种深深的失落感弄得心情一片悲凉,还有一丝纠缠不去的懊悔。

孩子寻过来了。

他看到了孩子。

孩子像盲人用脚尖试探路面一样慢慢地走过来。

"我并没有让你来找我。"

孩子尴尬地、畏畏缩缩地站在树下。

他站起来。他穿着一件过于宽松的风衣。

孩子的目光在夜色中黑亮黑亮地闪烁。

他走过来,拉起孩子的手,背对着演出厅,从黑暗走向黑暗……

2

那年那月那天的晚上,演出结束后,观众全都散去,他将小号放入盒中,和同事们一起走出了演出大厅。秋风中,他似乎听到了婴儿的啼哭声,同事们似乎也都听到了,纷纷停住了脚步。婴儿的啼哭声变得十分的清晰。他循着声音传来的方向看去,发现在半明半暗的台阶上有一个铺盖卷样的布包。他首先走了过去,同事们也都走了过去。他蹲下来,看到了一张孩子的泪光闪闪的脸。他立即抱起襁褓中的孩子,来到明亮的灯光下。孩子的眼睛在灯光的刺激下眯了一会儿,等终于适应了,便睁得大大的,天真无邪地转动着望着人们。

"谁的孩子?"他下意识地大声问。

"谁的孩子?"大家都在问。

鸦雀无声。随即,他和他的同事们都明白了:这是一个他的父母没有勇气向世界公开承认的产物。

人们沉默着,因为人们突然地面临着一种过于沉重的责任。

又沉默了很久。

他看了看众人,一声不言,抱着孩子,带着一种高尚的超人的感觉,以一副悲天悯人的神情,一步步走向自己的住所。

以后的许多天里,人们一直在诉说着他的高尚和德行。

一个男人毫不犹豫地收养了一个婴儿,比一个女人收养一个婴儿,更能产生崇高感。许多天里,他就沉浸在这种感觉的暖流之中。当一位女性以她天生的母性动作帮着他给孩子重新整了整襁褓时,当一个男人逗弄了一阵他怀中的孩子,意味深长地拍了拍他的肩膀时,这种感觉便一下一下地撞击着他的心,使他的鼻头酸溜溜的。他认识到了自己的善良与仁爱。他向人们无声地表示:我要将这可怜的孩子抚养成人,为此,我不惜一切!在作这种表示时,他甚至会有一种美丽的悲壮感,仿佛在旷野上独自一人看到了一轮巨大的落日。

那段日子,他觉得自己的灵魂因为对这小小婴儿的收留而得到了激动人心的升华。

岁月漠漠流去,人们当初的那种目光渐渐黯淡下来,一切皆回到了尘土飞扬的庸常状态。人们对他一个大男人窝窝囊囊地拉扯着一个孩子,表现出无所谓的态度,并且从开始小声在背地里嘀咕他影响了演奏,发展到公开抱怨他耽误了大家。终于,在一次轮到他独奏并且已经报幕,他却因为孩子生病未能及时赶到演出厅而惹得台下一片口哨声,使乐团的名誉受到极大的损害后,他被合情合理地解职了。

3

他决不怀疑自己的行为。

他蔑视他们,并且是深刻地蔑视他们。

随着突然地被人们抛入困境,那种悲壮与崇高感变得火一般燃烧他的心灵。他看了看那些看上去都很高尚的同事,最后一次感受了一下那种似乎很神圣的氛围,毅然决然地拿起他的小号,义无反顾地与这所现在在他的心目中已是一片恶俗的音乐学府告别了。

一年后,他带着这个已经会走路的孩子离开了这座城市,因为,这座城市没有他的位置,他无法养活孩子和自己。

看着这可怜的孩子一天天地长大,特别是当他带着孩子挤在充满汗臭和烟味的五等舱中去寻找生路时,他仍然被自己的高尚所感动,甚至会流下泪来。

后来,在一位过去的朋友帮助下,他在一个走村串巷的三流马戏团谋了一个小丑角色。那时,孩子已经七岁,能记事了。

所谓马戏团,就是几只瘦猴,几条丑陋的狗,还有一只掉了毛的狗熊。他的任务,就是在它们表演之间,穿插一些让人发笑的小把戏。

他带着孩子,随着马戏团到处流浪。到底要走向哪儿,是从来没有定数的。夜里,他们或者是歇在人家的马棚里,或者与那些散发着膻味的动物们挤在一间堆放草料的库房中。总是奔波,或在风中,或在雨里,或在旷野上,或搭乘一只小木船慢吞吞地往前去。这些时候,过去的那种感觉已经荡然无存了,剩下的仅仅是关于如何生存的心思。他甚至已经忘记了自己这一伟大的举动,忘记了自己所作出的巨大牺牲,仿佛他本来就应该养活这个孩子似的。一句话,只有现在,没有了过去。由于如此,现在所做的一切,所忍受的一切,皆变得非常平常、全在本来的意义上,没有任何令人激动和快慰的地方。

这个孩子在他眼中的特殊性也渐渐消失了。

但当孩子偶然从他与一位朋友的谈话中得知自己的来历时,却把他的一切行为都深刻地烙在了记忆里……

演出在一个打谷场上进行着。汽油灯发出颤抖却又刺人眼睛的白光。马戏团的到来,使无聊的乡村兴奋得发疯,人们从四村八舍呼呼拥来,一时间,人声鼎沸,甚嚣尘上。

那只瘦猴表演完毕,在台上撒了泡尿,引得土台下的观众笑得人仰马翻。

他出场了,戴了一顶可笑的小花帽,挤眉弄眼吐舌头,俗不可耐地朝观众进行滑稽表演。为了达到某种效果,他不惜自己的形象,甚至不惜侮辱自己。

观众一阵阵狂笑。

这正是马戏团的头头要求他达到的效果。

不知是谁将垫在屁股下的草把扔到台上,随即许多人都扔了起来,飞蝗一般,纷纷砸在他的脸上。他不能恼,还笑嘻嘻的,仿佛他是很欢迎这种胡闹的。

一个喝了酒的光着身子的年轻农民居然跳上台来了。

他笑嘻嘻地迎过去。

年轻农民用迷迷瞪瞪的眼睛望着他,突然一把将他头上的帽子抓了下来,戴在了自己的头上。

台下一片疯笑。

那年轻农民含含糊糊地说:"它……它哪儿该……该戴在头上……"说着一把将帽子抓下来,夹在了裤裆里。

他追过来要夺回这顶帽子,年轻农民连忙将帽子抛到观众堆里。

于是这顶帽子被抛来抛去,最后,竟有一个恶作剧的坏小子往里头撒了一泡尿后又将它湿漉漉地甩回到土台上。

他站在台口,嘴唇哆哆嗦嗦。

台下人笑倒了一片。

他低下头去,一步一步走向后台。

台下的人在呐喊:"小丑!小丑!"

孩子赶紧跑到后台。

他,一个中年汉子居然坐在黑影里哭了。

孩子很懂事地坐到他身边。

当天夜里,他带着孩子离开了马戏团,茫无目的地走向了他方。

4

又过去了三年,孩子十岁了。

他的头上已经过早地冒出白发,背也明显地驼起来,满脸皱纹,又深又乱,眼神显得很疲乏。他再也不去思考自己。他什么也不思考。他有点麻木,完全忘记了自己在做什么、为什么。

这年秋天,他又被人打了。

这天,他领着孩子路过一个水果摊,孩子见到刚上市的柿子,有点挪不动脚步,眼睛馋巴巴地盯着柿子看。他停下,摸索着口袋。口袋里太羞涩,他好不容易才掏出几毛钱来。思量了半天,又把几毛钱放回到口袋里。

他和孩子坐到马路边上。孩子总用管不住的眼睛看那水果摊,而他总在考虑到底给不给孩子买那柿子。

"走吧。"孩子要抵挡那诱惑,说。

"你就坐在这儿,我去买两只柿子。"他说。

他一步一步地挨到了水果摊跟前。柿子刚上市,买柿子的人挤满了水果摊。他在一旁犹豫了好一阵,也挤了进去。

孩子很老实地坐着等他的柿子。

过不一会儿,水果摊那边好像发生了什么事情,只见买柿子的人慌忙闪开。孩子很快看到,那个年轻健壮且又凶狠的小摊贩一把揪住了他的脖领,大声喊叫着:"贼!"

孩子立即跑过去。

"把柿子掏出来!"小贩把他的脖领揪得更紧。

他满脸憋成猪肝色,眼珠暴凸着,抖着手,从右边的裤子口袋里掏出一只柿子来,轻轻放回到水果摊上。

"还有一只!"小贩使劲地推搡着。

他只好从左边的裤子口袋又掏出一只柿子,直着脖子蹲下去,把它也放回到水果摊上。

孩子双手抱住他一只胳膊,用哀求的目光望着小贩。

小贩不理孩子,冲着他问:"你他妈的,怎么说吧!"

他的神情完全像个死人。

"你他妈的臭不要脸!"小贩勒住他的脖领,将他拖了一个圆圈。

"松手吧,松手吧!"孩子可怜巴巴地对小贩说。

"松手?松手可以,他必须买我两斤柿子,五块钱一斤!"

人们似乎很乐意发生这种事情,有人说:"对,让他买两斤柿子,五块钱一斤!"

一个上了年纪的人,摆出很宽厚、很愿意看到事情得到解决的样子,对他说:"你就买两斤吧。"

他低着头。

"买不买?!"小贩牵羊一般将他一直拽到水果摊跟前。

孩子还是使劲抱住他的胳膊。

他用双手抓住小贩的胳膊抵抗着:"我……我没有钱……钱……"

"甭耍滑头!"小贩紧紧抓住他的脖领。

那个上了年纪的人仍是一副大好人样:"那你就买一斤吧,谁让你偷了人家的柿子呢?"

"我真的没有钱。"

小贩一个冷笑松了手,随即在他身上毫不客气地搜索起来。当真的只从他身上搜出几毛皱巴巴的钱时,小贩恼羞成怒,"叭"地在他脸上扇了一个耳光:"妈的,贱贼!"

他打了一个踉跄,摇摇晃晃地站住了。

孩子抱着他的胳膊哇哇大哭。

人们不声不响地散去。

他完全停止了思想,目光呆滞地站在那儿。

孩子拉着他的手,呜咽着,一步步往前走。

天将晚,秋风掀动着他干燥蓬乱的长发。

他们一直走到天黑,才在路边坐下来。孩子疲倦极了,伏在他的膝盖上不一会儿便睡着了。他还是茫然无措。过

了很久,他才慢慢地有了意识。半夜里,他把孩子推醒说:
"明天,我教你吹小号。"

5

"我要将这孩子培养成一个有出息的人。"这一意识忽然产生,并且是那样的清醒,犹如黎明前东方天空的那颗又明又亮的星。他又在一个新的层面上看到了自己当年作出的选择所具有的价值,并因此陷入了亢奋。当他为孩子的未来勾画得越来越栩栩如生时,他从心底深处蔑视一切从前曾无视、曾嘲笑他的选择的人们,有了一种欲要洗刷这几年屈辱的渴望和快感。

总之,一切都在这孩子身上了。

然而,悲剧在于这个孩子并无太大的可塑性——对于这一点,当还未教孩子吹小号时,他并未意识到。

首先,这孩子过于老实。他很少言语,没有孩子的脾气,没有孩子的贪玩之心和令人讨厌的破坏欲望。他回答人的问话,只是点头和摇头,最多用一声"嗯"。你如果让他坐在那儿等着你,他就会托着下巴,将胳膊肘支在膝盖上,如果没有人来给他一个站起来的信号,他很可能就会永远地坐在那里。他永远不可能是那种被人称之为"有灵气"的孩子。他的目光是诚实的,憨厚的,也是纯真的,但没有孩子应有的机智和狡黠。他似乎很懂事,但决不是那种一点就通的孩子。

其次,这孩子是一个没有力气的孩子。五岁之前,他的脖子细如灯草,细得似乎支撑不起脑袋,而使脑袋总是歪在一边。他的呼吸是那样的细弱,别人很难听到他的呼吸,就像听不到蚂蚁的呼吸一样。他走到哪儿,总喜欢随地瘫坐下来。力气是一个很要紧的东西。力气也是一种才能。人缺少足够的力气,必将一事无成。

还有,这孩子似乎有一种与生俱来的忧郁心态。这从他黄巴巴的小脸和缺少光彩的眼睛就可看出。这一点很要命,因为,它会压抑蓬勃跃动的生命力。

他现在却要把这样一个孩子教化成一位出色的小号手、演奏家。

他从盒中取出已尘封许久的小号,将它擦亮,然后手把手地教这孩子将它放到嘴边。他很耐心地教孩子如何使用气流、如何揿动气门。孩子很用力去学,但学得十分费劲。在孩子看来,这小号是如此之沉重,如此之难以把握,简直要他的命了。他将脸憋成一只小小的气球,也不能将它吹响。几根细软的手指,既无力量,也很不听使唤,过不一会儿,额头上就汗淋淋的了。

"别急别急。"他抹去孩子额上的汗水,说。

孩子抓着小号,垂挂着胳膊,沮丧而又负疚地望着他。

"一点也不能着急。"他帮孩子擦去汗水,说。但他心里是恨不能孩子一夜之间便能圆满而漂亮地吹奏出一首小号乐曲,就像他当年一样。

孩子将小号又凑到嘴巴上去。在孩子用了吃奶的力气之后,小号终于发出了"噗噗"声。那声音完全像老水牛的叫唤。孩子自己憋不住傻笑起来。

"你怎么这样笨呐!"他长叹了一口气。

孩子一副手足无措的样子。一想到刚才小号发出的声音时,又"扑哧"一声笑了,因为他突然地想到了放屁的声音。

他也笑起来,但很快又变成了一副很难看的脸色。

孩子垂着头,脑瓜发木地望着手中的小号。

一连好几天,他紧紧抓住孩子不放,坚决地、毫无回旋余地要孩子吹小号。他的心情焦急烦躁,无法使自己冷静下来。该吃饭了,他不让孩子吃饭。该睡觉了,他不让孩子睡觉。他自己也不吃不睡。他毫无要领、心烦意乱地教着孩子。他使孩子无所适从。他把孩子弄得傻呆呆的,并且常常含着眼泪。

"算了吧!"这天,在孩子终于没有将他要求的一个音符吹响时,他一把将小号从孩子手中夺回来,将它扔回到盒子里。

可是五更天,他却又将孩子轰醒了:"走,到河边练去!"

孩子迷迷瞪瞪地跟了他。

天很凉,灰白的天幕上,几颗星星寒冷地闪着亮光,四周的景物皆在一片朦胧之中。

孩子提着小号,哆嗦着跟在他身后。此时,困倦的孩子没有任何心情,只是觉得很木然。他对小号这玩意没有兴趣,但也说不上讨厌。

"吹吧!"

于是孩子就吹。

"1——2——3——……"

孩子机械地吹出这三个音符后停住了,等着指令。

"你是属算盘的呀?不拨不动!你倒接着吹呀!"

吹什么呢?孩子不知道了。

他摇了摇头,裹着衣服坐下了:"你说,你还能学下去吗?"

孩子不知道怎么回答。因为他本来就不会去考虑这个问题。

他已经看出这一点:这是一个平常的甚至平庸的孩子。

认识到这一点,他并不悲伤,但觉得心中一片空白,无边无际的空白。

又过了半个月,当孩子终于没有能将七个音符一气吹出时,他一点也没有发脾气,甚至连一点抱怨的神色也没有,将小号重又锁进了盒子。

6

再次打开这只盒子,已是在他离开曾供职的那座城市十五年以后。

颠沛流离,他又回来了。一位当年的朋友去美国定居,便将一套住宅让给他与孩子暂时居住。

孩子已断断续续地念完小学,勉强上了初中。

他回到这座城市之后的一个强烈感受便是空空落落。白天,孩子上学去了,就他一人守着几乎没有任何家具的空屋,光光的白色墙壁,使他心烦意乱。他便到街上去。一张张陌生冷漠的面孔,热闹喧哗的市面,川流不息的车辆……对于这一切,他都无动于衷。他已两手空空,连心都是空的。冷落感不时地咬住他的灵魂,就像一只饿坏了的狗死死咬住一根骨头。

他开始怀疑生存的必要性。

他不时地遇到往日的同事。他们总是匆匆忙忙、风风火火,仿佛被无数的欲望烘烤着。而他呢?心如死灰。

无名的烦恼老来纠缠着他。

孩子与他一起生活,总是小心翼翼。

恰在这时,一位现在大权在握的朋友来看他,临走时说:"你完全可以再回乐团嘛,只要你的小号吹得还像从前那般嘹亮。"

几天的犹豫与彷徨之后,他打开了盒子,取出了那支已经发乌的小号。

他跑到河滨公园,将那荒废了十五年的小号吹响了。但是,还未把一首曲子吹奏完毕,一种深刻的悲哀便已袭上他的心头。他觉得自己已经伤了元气了。从前那股从丹田袅袅升起的让人兴奋不已、豪迈不已的圆浑有力的气,似乎已耗散得差不多了,总也拢不住股,连不成线,稀稀薄薄、软软沓沓、吞吞吐吐的。嘴唇的肉质变得僵硬,像豁口的玻璃瓶,把通过的气流划破了,发出"哧哧"的杂音,再也不能像过去那样圆圆滑滑地吹进小号。手指也失去了从前的弹性和灵敏,变得麻木,难以调动。从前,那手指是像活泼的小耗子一样在上面跳动的呀!他甚至把一首演奏烂了的曲子的节奏都忘了——他居然没有了与生命的律动相呼应的节奏感。

望着小号,他黯然神伤。

他不服气。这种不服气使他蛮横了好几日。他使劲地吹,就像乡下一个送葬的吹鼓手,把腮帮子吹出两个大鼓包。他简直不像是在吹奏一首曲子,而仅仅就是想将它吹响。那股气呢?多么宝贵的气呢?没了,逸出体外了,所剩的只是一副骨架。音乐的感觉也无影无踪,怎么找也找不着。他真正地茫然了。后来,他简直气坏了,旁若无人地在公园里跟小号赌气,把小号吹得像猪嚎一般。

一群老头天天在这里拉京胡吼京剧,对于他的噪音干扰,已经宽怀大度容忍好几日了。

"这人神经病!""二百五!"老头们窃窃私语。

终于,老头们一起围过来抗议了:

"你胡吹什么东西呢!"

"也不嫌炸耳朵!"

"要吹别处吹去!"

他这才意识到自己的不合适行为,冷冷地向老头们作了一番道歉后,抓着小号离开了公园,一直走到护城河边。其时,夕阳西坠,西方天空镀了一片金色,对岸的芦苇在闪闪发亮。

他看着夕阳一点点消失,把小号轻轻地遗弃在河边。最后一片残阳无声无息地照了过来,小号在草丛中宁静地闪耀着温暖迷人的亮光。

7

他进入了深刻的孤独。

他的脾气开始变得古怪和尖刻。

孩子是这种脾气唯一的受害者——似乎这种脾气就是专对孩子的。平时,他与孩子很淡漠地相处着。而有些时候,他就会克制不住地为难孩子。事过之后,他也无一丝歉疚之情。

这天,他从演出厅背后的树林回到家后,显得烦躁而冷酷。

孩子一直在门口等他。

他在椅子上坐下后说:"帮我倒杯酒行吗?"

孩子连忙给他把酒倒上。

他只是喝着,沉默不语。

"唱支歌好吗?"他说。

对这一要求,孩子毫无准备,况且孩子并无这方面的才能。孩子为难地望着他。

"你连一首歌都不肯为我唱,是吗?"

孩子连忙摇头。

"那就唱吧。"

孩子局促了一阵,便唱起来。歌是从其他孩子那里听来的,只是一种记忆,孩子自己并未唱过,一开头音就发高了,很快便爬不上去,只好又突然跌落下来,给人一种一落千丈的感觉。孩子唱得很认真,但总是找不准音调,唱得战战兢兢、歪歪扭扭、怪腔怪调。滑稽可笑的是这孩子唱着唱着还真动了感情,唱得很起劲,两只眼睛还透出很少见的活力来。

他大笑起来,摇了摇头:"这也叫唱歌!"

孩子停住。

"怎么不唱了?唱吧唱吧!"

孩子又唱起来,但已没了刚才的信心。

"你这孩子的嗓音怎么这样难听!"他的眉宇间略显出厌恶的神色。

孩子的声音慢慢低落下来,直到无声。

"你不能再换一首吗?从哪学来的?那是痞子唱的。"

孩子很羞愧,脸一阵阵发烧。

"怎么,就只会唱一首歌?"

孩子立即唱起另一首歌。他却倚在椅背上睡着了。

孩子唱着唱着哭了。但还是在反复地唱。

他醒来了,厌烦地:"你怎么还在唱?"

孩子的眼泪像断了线的珍珠,簌簌落在了手背上……

8

秋天,他生病了。

他说不清楚自己得的是什么病。他固执着,不肯去医院看病,只是整日躺在床上。他对自己的病痛并无明晰的感觉,只是觉得自己的病一定是很沉重的。于是,他便呻吟——只要孩子在他身旁,他便呻吟。

他忽低忽高忽长忽短地呻吟着,呻吟着……

孩子一听到他的呻吟声,就跟着痛苦起来,并且神经紧张,不知所措,手忙脚乱,而当孩子终于知道自己无能为力时,便又陷入深深的负疚。

"你怎么不到我床边坐一会儿呢?"

孩子连忙搬一张椅子坐到他身旁。

似乎没有什么话好说,他将脑袋歪在枕头上。

孩子看着他苍老无望的面孔,想哭。

"倒杯水好吗?"

孩子连忙去倒水。

"太烫。"

孩子把水杯放在凉水中冷却了一会儿再端上来。

"又太凉了。"

孩子又往水杯中加了些热水。

他摇摇头,叹息了一声:"放在那儿吧。"

"把窗子关严,有风。"

孩子关好窗子,又重新坐下。

"你连一句安慰人的话都不会说吗?"

孩子局促地扭动着身体,满脸发烧,欲说无言。

"去吧去吧。"他说完,把身体转过去呻吟起来。

孩子不知自己站了多久,然后走出门去。

他慢慢地停止了呻吟。

窗外,秋很深了,天蓝得让人发凉,梧桐树开始落叶了,棕色的叶子一忽一忽地飘下去……

他觉得这一刻自己的心灵和身体都很安静,像泡在秋天林中的池水里。

很久,门"吱呀"响了。

"你上哪儿啦?"他问孩子。

"我就坐在大楼门口,我哪儿也没去。"

孩子就这样在他没完没了的呻吟中一寸一寸地捱着。到了学校,坐在课堂上,这呻吟声也不能放过他,仍不断地响在他的耳旁。期末考试,他各门功课都考得很糟。他没哭,心里也没有悲哀。这孩子有点发木。

他的病真的加重了。呻吟声一日一日尖厉起来,仿佛他的灵魂都被痛苦缠绕着。它震颤着孩子的耳膜,惊扰着孩子的心,使孩子一刻不得安宁。孩子捂住耳朵,可这呻吟声具有不可阻挡的穿透力,使孩子烦躁,心绪如麻。孩子只好钻进里屋,将门关上。

"人呢?"孩子离开他不一会儿,他就查问。

孩子只好走出来。

这天,孩子终于忍受不住呻吟声的折磨,像逃犯似的逃出屋子,一口气跑到城外河边的草地上。孩子躺下,望着清纯的天空,张大嘴巴,大口大口地呼吸着野外湿润的空气。不一会儿,便睡着了。

孩子醒来时,天快晚了。

他见到孩子,什么也没问,脸上却浮起一丝慈爱的笑容。

孩子内疚地走到他床边。

他抓着孩子的手,让孩子坐下。他没有呻吟,仿佛病痛已如潮水退去。

他已很瘦了,颧骨凸兀着,眼窝又深又大,鼻梁像退潮时露出的石脊,没有血色的嘴唇疲倦地下垂着。

孩子望着黄昏中他的面孔,忽然哭了起来。

"哭什么呢?"他拍拍孩子的手背。

夜里,他催孩子去睡觉。孩子不肯,坚持着要陪伴他。他没有拒绝孩子。

后来,孩子趴在他床边,一直睡到天色发白。

他一夜未能入睡。此刻,才似乎有了点倦意,问孩子:"快天亮了吧?"

孩子揉了揉惺忪的眼睛,点点头……

9

他去世后不久,孩子考上了外省一所很多人听都没听说过的三流大学。

在离开这座城市之前,孩子将所有的家当全部变卖,买了一支很不错的小号,供在他的像前。

从此,孩子再也没有回这座城市。

1989 年 1 月 1 日于北京大学 21 楼 106 室

痴　　鸡

每年春天,总有那么几只母鸡,要克制不住地生长出孵小鸡的欲望。那些日子,它们几乎不吃不喝,到处寻觅着鸡蛋。一见鸡蛋,就会惊喜地"咯咯咯"地叫唤几声,然后绕蛋转上几圈,蓬松开羽毛,慢慢蹲下去,将蛋拢住,焐在胸脯下面。但许多人家,却并无孵小鸡的打算,便在心里不能同意这些母鸡们的想法。再说,正值春日,应是母鸡们好好下蛋的季节。这些母鸡一旦要孵小鸡时,便进入痴迷状态。而废寝忘食的结果是再也不能下蛋。这就使得主人很恼火,于是就会采取种种手段将这些痴鸡们从孵小鸡的欲望中拖拽回来。

这样的行为,叫"醒鸡"。

我总记着许多年前,我家的一只黑母鸡。

那年春天,它也想孵小鸡。第一个看出它有这个念头的是母亲。她几次喂食,见它心不在焉只是很随意地啄几粒食就独自走到一边去时,说:"它莫非要孵小鸡?"我们小孩一听很高兴:"噢,孵小鸡,孵小鸡了。"

母亲说:"不能。你大姨妈家,已有一只鸡代我们家孵了。这只黑鸡,它应该下蛋。它是最能下蛋的一只鸡。"

我从母亲的眼中可以看出,她已很仔细地在心中盘算过这只黑鸡将会在春季里产多少蛋,这些蛋又可以换回多少油盐酱醋来。她看了看那只黑母鸡,似乎有点为难,但最后还是说:"万万不能让它孵小鸡。"

这天,母亲终于认定了黑母鸡确实有了孵小鸡的念头,并进入状态了。得出这一结论,是因为她忽然发现黑母鸡不见了,便去找它,最后在鸡窝里发现了它,那时,它正一本正经、全神贯注地趴在几只尚未来得及取出的鸡蛋上。母亲将它抓出来时,那几只鸡蛋早已被焐得很暖和了。

母亲给了我一根竹竿:"撵它,大声喊,把它吓醒。"

"让它孵吧。"

母亲坚持说:"不能。鸡不下蛋,你连买瓶墨水的钱都没有。"

我知道不能改变母亲的主意,取过竹竿,跑过去将黑鸡撵起来。它在前面跑,我就挥着竹竿在后面追,并大声喊叫:"噢——!噢——!"从屋前追到屋后,从竹林追到菜园,从路上追到地里。看着黑母鸡狼狈逃窜的样子,我竟在追赶中在心里感觉到了一种快意。我用双目将它盯紧,把追赶的速度不断加快,把喊叫的声音不断加大,引得正要去上学的学生和正要下地干活的人都站住了看。几个妹妹起初是站在那儿跟着叫,后来也操了棍棒之类的家伙参加进来,与我一起轰赶。

黑母鸡的速度越来越慢,翅膀也耷拉了下来,还不时地跌倒。见竹竿挥舞过来,只好又挣扎着爬起,继续跑。

我终于精疲力竭地瘫坐在了草垛底下,一边喘气,一边抹着额头上的大汗。

黑母鸡钻到了草丛里,一声不吭地直将自己藏到傍晚,才钻出草丛。

但经这一惊吓,黑母鸡似乎并未醒来。它晾着双翅,咯咯咯地叫着,依旧寻觅着鸡蛋。它一下子就瘦损下来,似乎只剩了一只空壳。本来鲜红欲滴的鸡冠,此时失了血色,而一身漆黑的羽毛也变得枯焦,失去了光泽。不知是因为它总晾着翅膀使其他鸡们误以为它有进攻的意思,还是因为鸡们如人类一样喜欢捉弄痴子,总而言之,它们不是群起而追之,便是群起而啄之。它毫无反抗的念头,且也无反抗的能力,在追赶与攻击中,只能仓皇逃窜,只能蜷缩在角落上,被啄得一地羽毛。它的脸上已有几处流血。

每逢看到如此情景,我一边为它的执迷不悟而生气,一边用竹竿去狠狠打击那些心狠嘴辣的鸡们,使它能够摇晃着身体躲藏起来。

过不几天,大姨妈家送孵出的小鸡来了。

黑母鸡一听到小鸡叫,立即直起颈子,随即大步跑过来,翅大身轻,简直像飞。见了小鸡,它竟不顾有人在旁,就咯咯咯地跑过来。它要做鸡妈妈。但那些小鸡一见了它,就像小孩一见到疯子,吓得四处逃散。我就仿佛听见黑母鸡说"你们怎么跑了",只见它四处去追那些小鸡。等追着了,它就用大翅将它们罩到了怀里。那被罩住的小鸡,就在黑暗里惊叫,然后用力地钻出来,往人腿下跑。它东追西撵,弄得小鸡们东一只西一只,四下里一片唧唧唧的鸡叫声。

母亲说:"还不赶快将它赶开去!"

我拿了竹竿,就去轰它。起初它不管不顾,后来终于受不了竹竿抽打在身上的疼痛,只好先丢下小鸡们,逃到竹林里去了。

我们将受了惊的小鸡们一只一只找回来。它们互相见到之后,竟很令人怜爱地互相拥挤成一团,目光里满是怯生生的神情。

而竹林里的黑母鸡,一直在叫唤着。停住不叫时,就在地上啄食。其实并未真正啄食,只是做出啄食的样子。在它眼里,它的周围似乎有一群小鸡。它要教它们啄食。它竟然在啄了一阵食之后,幸福地扇动了几下翅膀。

当它终于发现,它只是孤单一只时,便从竹林里惊慌地跑出,到处叫着。

被母亲捉回笼子里的小鸡们,听见黑母鸡的叫声,挤作一团,瑟瑟发抖。

母亲说:"非得把这痴鸡弄醒,要不,这群小鸡不得安生的。"

母亲专门将邻居家的毛头请来对付黑母鸡。毛头做了一面小旗,然后一笑,将黑母鸡抓住,将这面小旗缚在了它的尾巴上。毛头将它松开后,它误以为有什么东西向它飞来了,惊得大叫,发疯似的跑起来。那面小旗直挺挺地竖在尾巴上,在风中沙沙作响,这就更增加了黑母鸡的恐怖,于是更不要命地奔跑。

我们就都跑出来看。黑母鸡不用人追赶,屋前屋后无休止地跑着,样子很滑稽。于是邻居家的几个小孩,就拍着手,跳起来乐。

黑母鸡后来飞到了草垛上。它原以为会摆脱小旗的,不想小旗仍然跟着它。它又从草垛上飞了下来。在它从草垛上飞下来时,我看见那面小旗在风中飞扬,犹如给黑母鸡又插上了一只翅膀。

其他的鸡也被惊得到处乱飞,家中那只黄狗汪汪乱叫。道道地地的鸡犬不宁。

黑母鸡钻进了竹林，那面小旗被竹枝勾住，终于从它的尾巴上被拽了下来。它跌倒在地上，很久未能爬起来，张着嘴巴光喘气。

黑母鸡依旧没有能够醒来。而经过这段时间的折腾，其他的母鸡也不能下蛋了。

"把它卖掉吧。"我说。

母亲说："谁要一副骨头架子？"

邻居家的毛头似乎很乐于来处置这只黑母鸡。他又一笑，将它抱到河边上，突然一旋身体，将它抛到河的上空。黑母鸡落到水中，沉没了一下，浮出水面，伸长脖子，向岸边游来。毛头早站在那儿了，等它游到岸边，又将它捉住，更远地抛到河的上空。毛头从中得到了一种残忍的快感，咧开嘴乐，将黑母鸡一次比一次抛得更远，而黑母鸡越来越游不动了。鸡的羽毛不像鸭的羽毛不沾水，几次游动之后，它的羽毛完全地湿透，露出肉来的身体便如铅团一样坠着往水里沉。它奋力拍打着翅膀，十分吃力地往岸边游着。好几回，眼看就要沉下去了，它又挣扎着伸长脖子游动起来。

毛头弄得自己一身是水。

当黑母鸡再一次拼了命游回到岸边时，母亲让毛头别再抛了。

黑母鸡爬到岸上，再也不能动弹。我将它抱回，放到一堆干草上。它缩着身体，在阳光下瑟瑟发抖。呆滞的目光里，空空洞洞。

黑母鸡变得古怪起来，它晚上不肯入窝，总要人找上半天，才能找回它。而早上一出窝，就独自一个跑开了，或钻到草垛的洞里，或钻在一只废弃了的盒子里，搞得家里的人都很心烦。又过了两天，它简直变得可恶了。当小鸡从笼子里放出,在院子里走动时,它就会出其不意地跑出,去追小鸡。一旦追上时,它便显出一种变态的狠毒,竟如鹰一样,用翅膀去打击小鸡,直把小鸡打得乱飞乱叫。

母亲赶开它说:"你大概要挨宰了!"

一天,家里无人,黑母鸡大概因为一只小鸡并不认它,企图摆脱它的爱抚,竟啄了那只小鸡的翅膀。

母亲回来后见到这只小鸡的翅膀流着血,很心疼,就又去叫来毛头。

毛头说:"这一回,它再不醒,就真的醒不来了。"他找了一块黑布,将黑母鸡的双眼蒙住,然后举起来,将它的双爪放在一根晾衣服的铁丝上。

黑母鸡站在铁丝上晃悠不止。那时候它的恐惧,可想而知,大概要比人立于悬崖面临万丈深渊更甚。因为人毕竟可以看见万丈深渊,而这只黑母鸡却在一片黑暗里。它用双爪死死抓住铁丝,张开翅膀竭力保持平衡。

起风了,风吹得铁丝呜呜响。黑母鸡在铁丝上开始大幅度地晃悠。它除了用双爪抓住铁丝,还蹲下身子,将胸脯紧贴着铁丝,两只翅膀一刻也不敢收拢。即便是这样,在经过长时间的坚持之后,保持平衡也已随时不能了。它几次差点从铁丝上栽下来,靠用力扇动翅膀之后,才又勉强留在了铁丝上。

我看了它一眼,上学去了。

课堂上,我就没有怎么听老师讲课,眼前老是晃动着一根铁丝,铁丝上站着那只摇摆不定的黑母鸡。放了学,我匆匆往家赶,进院子一看,却见黑母鸡居然还奇迹般地留在铁丝上。我立即将它抱下,解了黑布,将它放在地上。它瘫痪在地上,竟一步也不能走动了。

母亲抓了一把米,放在它嘴边。它吃了几粒就不吃了。母亲又端来半碗水,它却迫不及待地将嘴伸进水中,转眼间就将水喝光了。这时,它慢慢地立起身,摇晃着走到篱笆下。估计还是没有力气,就又在篱笆下蹲了下来,一副很安静的样子。

母亲叹息道:"这回大概要醒来了。再醒不来,也不要再去惊它了。"

傍晚,黑母鸡等其他的鸡差不多进窝后,也摇摇晃晃地进了窝。

我对母亲说:"它怕是真的醒了。"

母亲说:"以后得把它分开来,让它吃些偏食。"

然而,过了两天,黑母鸡却不见了,无论你怎么四处去唤它,也未能将它唤出。我们就只能寄希望于它自己走出来了。但一个星期过去了,也未能见到它的踪影。

我就满世界去找它,大声呼唤着。

母亲说:"怕是被黄鼠狼拖去了。"

我们终于失望了。

母亲很惋惜:"谁让它痴的呢?"

起初,我还想着它,十天之后,便也将它淡忘了。

黑母鸡失踪后大约三十多天,这天,我和母亲正在菜园里种菜,忽然隐隐约约地听到不远处的竹林里有小鸡的叫声。"谁家的小鸡跑到我们家竹林里来了?"母亲这么一说,我们也就不再在意。但过不一会,又听到了咯咯咯的母鸡声,我和母亲不约而同地站了起来:"怎么像我们家黑母鸡的声音?"再循声望去时,眼前的情景把我和母亲惊呆了。

黑母鸡领着一群小鸡正走出竹林,来到一棵柳树下。当时,正是中午,阳光明亮照眼,微风中,柳丝轻轻飘扬。那些小鸡似乎已经长了一些日子,都已显出羽色了,竟一只只都是白的,像一团团雪,在黑母鸡周围欢快地觅食与玩耍。其中一只,看见柳丝在飘扬,竟跳起来想用嘴去叼住,却未能叼住,倒跌在地上,笨拙地翻了一个跟头。再细看黑母鸡,只见它神态安详,再无一丝痴态,鸡冠也红了,毛也亮亮闪闪地又紧密、又有光泽。

我跳过篱笆,连忙从家里抓来米,轻轻走过去,撒给黑母鸡和它的一群白色的小鸡。它们并不怕人,很高兴地啄着。

母亲纳闷:"它是在哪儿孵了一窝小鸡呢?"

半年之后,我和母亲到距家五十多米的东河边上去把一垛草准备弄回来时,发现那个本是孩子们捉迷藏用的洞里,竟有许多带有血迹的蛋壳。我和母亲猜想,这些鸡蛋,就是在黑母鸡发痴时,我家的其他母鸡受了惊,不敢在家里的窝中下蛋,将蛋下到这儿来了。这片地方长了许多杂草,很少有人到这儿来。大概是草籽和虫子,维持了黑母鸡与它的孩子们的生活。

黑母鸡自从出现之后,就再也没有领着它的孩子们回那个寂寞的草垛洞。

1997 年 9 月 24 日于北京大学燕北园

蔷薇谷

1

她平静地走向悬崖……

末春,蔷薇花开了,红的、白的、黄的、深紫的、粉红的,花光灿烂,映照着峡谷。刚经一场春雨,花瓣上还沾着亮晶晶的水珠,湿润的香气,从峡谷里袅袅升起,在空气里流动着。

太阳渐渐西沉,在幽暗的远山背后,它向天空喷射出无数光束,犹如黄金号角在天边齐鸣。后来,它终于沉没了,橘红的流霞染红了整个蔷薇谷。几只投林的倦鸟在霞光里扇动着翅膀,样子剪纸似的。近处的山顶上,几只觅食的狐狸,也正返回沟壑间的巢穴。

霞光渐淡,天地间渐转成灰白色。寂寞的山风,已轻轻地吹来。

她垂下眼帘,只听见风声在耳边流过……

一个老人沉重的咳嗽声阻止了她的行动。她回过头来,见老人在暮色里站着。她看不清他的脸,但能感觉到他的目光——一对真正的老人的目光。

"要跳,到别处跳去,别弄脏了我的这片蔷薇!"老人只说了一句。

她哭了,哭得很文静,含着温柔的忧郁。她用令人爱怜的目光一直望着老人。她感觉到老人在用目光呼唤她:"跟着我。"

老人转身走了,她跟着。他们之间被一根无形的线一拉一扯地牵着,走向峡谷。

幽静的小径穿过蔷薇丛,一间茅屋出现在月下。老人不回头,推门进去,不一会儿,油灯亮了,老人的身影变得像一张十分巨大的船帆,投在墙壁上。

她走进阴暗而温暖的小屋,坐在凳子上。她双手合抱,安静地放在胸前。她的眼睛一直跟随着老人。她的神态很像是一只翅膀还很娇嫩的雏鸽,迷途了,被收留它的主人用柔和的灯光照着。

老人在她面前的小桌上摆上吃的,就去里屋支铺。支好了,老人抱来被子,又把身上披着的棉衣脱下加在被子上,对她说:"夜里,有风从山谷那头来,凉。"

他走出茅屋,坐到一块岩石上,烟锅一红一红地亮,仿佛夜在喘息。

深夜,她听见了山风从静静的蔷薇谷流过的声音。风声里,舒缓地响起老人的歌声。那歌没有唱词,只是一种调子,在寂寥的山谷里,像湖上的水波,往漫无尽头的远方慢慢地荡开去……

2

她给老人披上衣服,在他身边坐下。

夜，一切宁息着。金黄色的淡月，照着蔷薇谷，照着影影绰绰的远山。烟树里，几声山鸟含糊不清的啼声，衬出一番空虚，一番惆怅。

"你从哪儿来？"

"那边的城。"

"出来几天啦？"

"从昨天晚上走到今天晚上。"

"为什么想从那儿跳下去呢？"

"……"

"我也曾想在那里跳下去过，那是二十一年前。"

"你吗？"

"我。"

"为什么？"

"不为什么。后来，我看见这个蔷薇谷，看见那片花，我在岩石上坐到天亮，在这里留下了。"

她托着下巴，望着纯净的天空。

老人又唱起来，一个音符与另一个音符之间的距离拉得很长，好似一辆沉重的马车从这个驿站到另一个驿站，充满着艰难……

她把一切都告诉了老人——

她很爱她的爸爸。

爸爸曾担任过一家乐团的首席指挥。那时，她还小，常和妈妈去参加由爸爸指挥的音乐会。爸爸穿一身黑色的礼服，头发闪闪发亮。爸爸的体态和动作十分动人。钢琴、提琴、黑管和长笛……一切乐器随着他的暗示、召唤和交流，奏出各种奇妙无比的声音。乐声在大厅里盘旋翻舞着，忽高忽低，忽快忽慢。一会儿，声音像一只黑色的燕子在静寂的空中优美地滑动;一会儿,声音像镀了金子一般,一片光明灿烂,满世界金泽闪闪;一会儿,声音暗下去,像夜空下的远处有一眼清泉一滴一滴地跌落在松间的黑潭里;一会儿又像星空下的荒野上有万马奔腾。音乐魔力无边。她有时觉得浑身热烘烘的,嚷嚷着要妈妈给她脱去毛衣,可一会儿,又觉得凉阴阴的,仿佛走在凉气逼人的浓阴下,禁不住要往妈妈怀里钻。神奇的音乐竟然唤起她各种各样的联想:毛茸茸的酸杏子、蓝晶晶的冰凌凌、娇嫩的六角形雪花、山坡上有座红色的小房子、六楼阳台上飘下了一条蔚蓝色的纱巾……

谢幕了,爸爸抬起头来,张开双臂。

她喜欢去听爸爸指挥的音乐会。

可是,在她十岁那年,爸爸却被指认为"犯了错误",一夜之间被解职了。

爸爸呆在家里一年,闭门不出,眼见着家中生活再也无法维持了,靠朋友的关系,做了一家毛笔厂的推销员。爸爸背着两大包毛笔,一出去就几十天。他走到很远很远的地方,把毛笔卖给那些小商店。而大多时候,他是直接跑到小学校里,把毛笔兜售给那些正在上大字课的孩子们。他把毛笔摊在一块布上,蹲在学校门口,耐心地等待生意。她跟爸爸出去过一次,爸爸实在是太辛苦了。坐车坐船,有时还要十几里十几里地步行。饿了,跟人家要碗水喝,吃点干粮。走到哪里算哪里,天黑了,就跟人家借宿,或是在灶房里,或者是磨坊里。爸爸到处跟人家说好话。一天夜里,因为没有借到宿,他们露宿在人家屋檐下。月光清淡地照着,天很凉,他们都睡不着。爸爸问她:"想妈妈吗?"她问爸爸:"你呢?"爸爸把她的头拢到怀里,一遍又一遍地抚摸着她的头发。她知道,这个世界上如果没有妈妈,爸爸也许就不想活了。爸爸说:"我们把这次挣的钱,给你妈买件好看的毛衣,好吗?"她点点头。

一年又一年,爸爸出去,回来;回来,出去……

爸爸又背着两个沉重的大包出去了。一天晚上,她到同学家温课,夜里回来时,她感到有点冷,想和妈妈睡一床。推开妈妈的房门,拉亮灯,眼前的情景立即使她捂上了双眼:床上,妈妈正睡在一个陌生的男人怀里!

她跑出家门,在空洞的夜街上发疯似的跑,最后跑到城外的小河边,抱着一棵梧桐树跌坐在地上。坐到天亮,又坐到天黑。

爸爸回来了。

她望着爸爸,爸爸老了:那头黑亮的头发变得枯涩,并且掺杂着白发;背也驼了,由于长期在一侧肩上背包,肩倾斜着,那样子总像一条侧身沉在水中的帆船;一双灵活的、富有魔力的手,变得粗糙、僵硬、没有一丝灵气,并且有一道道被野风吹出的皱纹和裂口;那双充满情感的像黑夜间两星烛光的眼睛,变得灰蒙蒙的,像长了翳。

她让自己笑起来,并撒欢:"爸爸!"

爸爸坐在沙发上,目光显得有点呆滞。

"我和妈妈真想你。"她说了很多妈妈想念爸爸的话。

爸爸变得有点不对劲了:天很黑了,才摇摇晃晃地从外面回来,浑身散发着刺鼻的酒气。

这天,她放学回家,家里静悄悄的。待她适应了屋中的昏暗,她双腿哆嗦起来:爸爸坐在沙发上,手里抓着一支双管猎枪!她用嘴咬啮着手指,紧缩着身体。她觉得自己的心忽然地变成了一团冰,一股彻骨的寒冷漫上全身。当她把咬破的手指拿出时,牙齿"格格格"地敲响着。

"爸爸,你想打死妈妈吗?"

爸爸木然地坐着,脸一成不变地凝固着。

"爸爸!……"她突然跪倒在爸爸的脚下,哭着,用双手抱住爸爸的腿,使劲地摇着。

爸爸像一个木偶一样晃动着。

她抬起头,仰望着他的眼睛:"爸爸,你把我也打死吧!"

爸爸的猎枪掉在了地上……

第二天凌晨,当她坐在床上静静地等着一夜未归的爸爸时,远处的大河边上,传来一声沉闷的枪响。她赶到时,只见爸爸的脑袋流着血,倚在一棵老树上,像是很疲倦了,现在安静地睡着了……

老人把衣服轻轻地披在她的肩上。

蝉翼般的轻雾,在蔷薇谷里似有似无地流动。月亮歇憩在西方峡谷的枝桠上,像一只胸脯丰满的金凤凰在那里建了巢。雾渐渐地浓了,"凤凰"渐渐消逝了……

黎明像一只羽毛洁亮的玉鸟从东方的天边朝蔷薇谷飞来。

3

她到山下五里路外的小镇上接着读初中。

每天晚上放学归来,她老远就能看见老人静静地坐在峡谷口等她。巨大的落日就在老人的背后,老人像靠在一个圆形的富丽堂皇的金色椅背上。每每见到这个形象,她总感到一阵温暖和一股让她鼻头发酸的柔情。她向老人摇摇手,朝他跑来。

他们沿着山径,走向蔷薇丛中的茅屋。

夏日到了。晚饭后,她就爬到吊床上凉快去,让被路途和学习搞得发酸的身体软款款地躺着。吊床是老人用葛藤做的,吊在两棵大树中间。吊床上缀满五颜六色的鲜花,那是她采来的。睡在吊床上,望着大山之上的夜空,她的心感到从未有过的恬静。山风吹着空山。远处隐约有活泉叮咚作响的妙音。蔷薇开得很盛,香得醉人。浴在银绸般的月光里,她浑身舒展,觉得自己非常柔软、轻飘,把细长的胳膊垂在吊床边。

只有当老人又哼唱起来,她才侧着身,任无名的沉重漫上心头。

老人总是那副固定的面容:清冷、淡漠,眼睫毛有点倒伏的眼睛里透出一股坚韧,甚至是冷酷;偶尔刷地一亮,就在这如同电光石火稍纵即逝的目光里,显出了一种难言的焦灼和痛苦的渴求。

老人的额上有一块紫黑色的疤,使得脸上的表情还略带凶狠的意味。

有一天,她被老人的歌声唱得泪汪汪的:"您怎么了,爷爷,老这样唱?"

老人忽然意识到自己的歌给她带来了什么,感到十分歉意和难过。

"那天,您说您也要从那里跳下去?"她久久地望着老人的眼睛。好奇、关切和不愿再让疑虑继续下去的心情,使她想立即知道这是为什么。

老人把头垂下又抬起:"我有十个年头,是在监狱里度过的……"他没有看她,问,"你害怕了?"

"不,我不怕,爷爷。"

"你要问我这是因为什么?对吧?这无所谓,投毒、放火、做强盗,反正都一样,都叫犯罪……我得一辈子在心里为一个亡灵祝福。他曾和我同一个牢房。我敢断定他没有犯罪。他很年轻,很漂亮,是一个清白的人,甚至是一个伟人。我发现,他怀里总是一直藏着一朵蔷薇花。我猜想,那花是一位姑娘给他的吧?一直到最后,我也没有能够搞清楚。他终于被枪决了。临走前,他对我说:'早点出去吧,出去做一个好人!'……二十年的监狱,我十年就坐完了。想到自己马上就要回到妻子儿女身边,我激动得站立不起来,用手扶着监狱的大墙,走向大门,心里在想:他们在等我呢,他们在等我呢……我走出了大门,大门外一片空空荡荡,只有风吹着,监狱外的风就是大……后来,我像你一样,走呀,走呀,走到了那个悬崖上……夕阳照着峡谷,蔷薇花开得很美,我突然想起了他……我狠狠打了自己,就在岩石上坐下了……"

"您一个人住在这里,害怕吗?"

"怕鬼?这个世界上没有鬼。怕强盗?"老人摇摇头,"那他们可看错人了。可我真的害怕,害怕什么呢?这峡谷太静了……"老人忽然被什么沉重的东西压迫着,呼吸急促起来,眼睛里含着惶恐。过了好一阵,他才使自己平息下来,"有时,我憋不住了,对这大山拼命地喊叫,一直喊出泪来,喊到喉咙发不出一丝声音。除了种好坡上那片地,我就沿着山谷,拼命扩种蔷薇,恨不能让它长满这个世界。"老人望着她,忽然变得像一个孤立无援、软弱无力的孩子,甚至忘记了自己这个年岁的人应有的持重,问,"你……很快就会走吗?"

她摇摇头,又摇摇头。

一老一小,两颗寂寞的灵魂,面对着寂寞的大山。

4

太阳仿佛突然坠落下来。而在离地面很近的空中便又刹住了,无声无息地燃烧,露出一副要把地面上的最后一滴水珠也烤干似的狠劲。天铁青着脸,三十天里没飘过一丝云。干旱疯狂地笼罩着大山。方圆几十里,很难找到一瓢水。远处,那口活泉也已干涸,不再有流水的音响。空气干燥得似乎能摩擦出蓝色的火花。

她有点恐惧了,常用焦渴的眼睛瞧着头发蓬乱的老人。

"别怕,这些蔷薇还没有死呢!"

蔷薇依然顽强地在峡谷里生长着,叶子竟然绿油油的,一些很细的枝条,向空中伸展,一簇簇五颜六色的花,硬是从容不迫地开放着。

于是,她真的不怕了。

隔几天,老人就从十几里外的河里挑回一担水。对于这些水,老人自己用得十分吝啬。渴得实在熬不住了,他就从灌木丛里采几个酸果放在嘴里咀嚼着。但,每天早晨,他起来的第一件事就是极其慷慨地盛半盆清水放在门口的石桌上——给她准备的洗脸水。

望着清凉的水,再望望老人爆皮的嘴唇,她固执着不肯洗。

老人却毫不动摇地坚持:"洗完脸才能去学校!"

那张细腻的、白皙得没有一丝杂色的脸,每天早晨如果不能保证清洗,对老人来说,心里是通不过的。只有当她额头上的头发挂着水珠,面孔因清水的滋润而变得活泛、纯净、散发出潮湿的气息时,他才会感到可心。

为这事,有一天老人发火了,差点没把盆子里的水泼进蔷薇丛中。他在嘴里不断地嘟囔着:"姑娘家不洗脸,姑娘家竟不洗脸……"

她一边洗,一边把眼泪滴在水盆里。

又过了些天,她放学回到蔷薇谷,老人显得很富有,并且夸大其词地说:"这些天,攒了很多水,今天,我又挑回满满一大担,你洗个澡吧。"老人蹒跚着,向峡谷口走去。

她没有违背老人的意愿,脱去衣服,赤着身体,用瓢把凉丝丝的水从头顶上倾倒下来。水像柔润的白绸拭擦着她的身体,十分惬意。夜晚的大山,显出一派静穆。浴在月光里,她显得几乎通体透明。她低头看看自己,觉得自己长大了,长得很好看,心里感到莫名的害臊和幸福。一瓢,一瓢,她尽情地挥霍着老人给她准备好的清水。她觉得自己的心都是湿润的。她忽然觉得想唱一支歌,就唱了。声音仿佛也被清水洗濯过了,纯净如银,在峡谷里响起来。这个已在世界上不知存在了多少年的峡谷,第一次接受着一种发自少女心灵深处的声音的抚摸,四周变得格外安宁。

老人倚在岩石上睡着了……

5

这天,老人照例坐在峡谷口的岩石上等待她归来——然而,直等到月上中天,她也没有回来。

她走了。

干旱不光搞得老人精疲力竭,而且给他的生活带来巨大的压力:庄稼几乎颗粒无收,茅屋角落上土瓮里的粮食已所剩无几。她并不太清楚这些,照样无忧无虑地吃着老人为她做好的饭菜。当她偶尔发现老人躲在岩石后面艰难地啃吃着一种苦涩的植物根茎时,她恨死了自己。

老人瘦得只剩一副骨架,颧骨突兀,面色发灰,下颏尖得有点可怕,她如果再在蔷薇谷住下去,老人就会像一盏油灯很快被她将油耗干的。

她回到了那个出走后就再也没回去过的城市。她想回那个家,虽然她不愿意见到妈妈。她来到了那个既熟悉又陌生的窗下。她不想立即进去,想透过窗子先看看墙上爸爸的相片。可是,她目光觅遍了墙壁,也没见到爸爸的相片。她像掉到一个无限深的冰窟里,浑身哆嗦起来,想哭,可欲哭无泪。

她失魂落魄,在街上茫然走着。路灯光里,梧桐树上,一片片残叶正向地面坠落。夜渐深,大街上空空荡荡的,只有落叶被秋风所吹,在发黑的路面上毫无目的地滚动。她不知道累,也不知道不累,就这么走,目光呆呆的。

路灯把一个人的巨大的身影一直铺到她的脚下。她抬起头来,看到老人双手拄着一根竹竿,稳稳地站在她面前。

她疯狂地跑过去。

"跟我回去,回蔷薇谷!我们现在有很多钱,有很多钱!有个人把我们的蔷薇花全都包了。他们要用它制蔷薇露。蔷薇露,你懂吗?洒在衣服上,那香味经久不衰。听说过古代有人接到亲友寄来的诗,要先以蔷薇露洗了手才开读吗?我们发财了,发财了!你要上大学,上大学……"

老人的眼睛像打磨了似的闪闪发亮。

6

五年以后——

老人躺在茅屋里的小铺上。人们惊奇这颗衰老的生命竟然那么顽强,几天滴水未进,却还把眼睛睁得大大的,望着门外。他在等她——那个已经是大学生的姑娘。

她日夜兼程赶回蔷薇谷,扑倒在老人的身旁。老人见到了她,便把眼睛永远地闭上了。

她采摘了无数筐蔷薇花,铺在一块很大很平的石头上,然后把已经变得很轻的老人抱到上面。深夜,她把老人的衣服脱去,用蔷薇露一遍又一遍地擦洗了他的全身,然后给他换上新衣,就默默地守着他……

以后,每年当蔷薇花开的时候,她必到蔷薇谷来小住几日。她觉得,老人孤独的灵魂一直活在这里。她无处不感受到他的存在。他需要她陪伴着他。

1989 年 6 月 10 日于北京大学 21 号楼 106 室

守　　夜

　　奶奶是老得到时候了，还是劳累过度？一口气没喘上来，手往床边一垂挂，丢下大鸭和小鸭两个孙儿，死了。

　　村里的大人们都这么说："鸭他奶奶走了。"

　　其实，奶奶还没走呢，她躺在两张板凳搁起的一扇门板上。她穿着几个老奶奶帮她换上的新衣、新袜、新鞋，把头静静地枕在一只新做的、软软的枕头上。

　　大鸭和小鸭已哭得不能再哭了，只是紧紧地挨在一起，呆呆地站着，远远地望着奶奶。

　　他们的脸上，各自挂着两道莹莹的泪水。

　　天已很晚了，忙累了的大人们，将要回家去，在一旁议论：

　　"也没有个亲人为她守夜。"

　　"有大鸭和小鸭。"

　　"别累着两个孩子。再说，孩子胆小，还不一定敢呢。"

　　"可怜，她就只能自己一个人呆着了……"村东头的三奶奶说着，撩起衣角，拭了拭泪。

　　大鸭和小鸭，慢慢走向奶奶，然后一声不吭地坐到了挨着奶奶的椅子上。他们是奶奶的孙子，当然要给奶奶守夜。

屋里的人,都默默地望着他们。

"别怕,是自己的奶奶。"村里头年纪最大的胡子爷爷,拍拍大鸭和小鸭的头,叮咛了几句,眨了眨倒了睫毛的眼睛,挂着拐棍,跌跌撞撞地走了。其他人,也跟着他,慢慢走出屋子。

大鸭和小鸭并不明白,为什么人死了要有亲人守夜。他们只知道自己应当和奶奶呆在一起,决不能让奶奶孤单单地一个人躺在茅屋里。奶奶不能没有他们两个孙儿,他们也不能没有奶奶。

奶奶真福气,有两个孙儿守着她。

两支蜡烛在烛台上跳着金红色的火苗。奶奶的头发闪着亮光,脸上也好像闪动着光彩,像是因为有两个孙儿给她守夜,而感到心满意足。

可是,她那对没有完全舒展开的眉毛,又好像在责怪自己:我走得太急了,该把两个孙儿再往前领一段路啊!

大鸭十二岁,小鸭才八岁。他们没有爸爸(爸爸生病死了),也没有妈妈(妈妈改嫁到很远的地方后就再也没有回来过)。奶奶不能走,奶奶不放心两个孙儿,可她还是走了,由不得她。

蜡烛一滴一滴地淌着烛泪。

小鸭伏在大鸭哥哥的肩上。兄弟俩一动不动地坐着,望着奶奶的脸。他们不困,也不知道困。奶奶活着的时候,他们总是很困,捏着钢笔写字,写着写着就瞌睡了。奶奶一边说"瞌睡金,瞌睡银,瞌睡来了不留情;瞌睡神,瞌睡神,瞌睡来了不由人……"一边把他们拉到铺边去。他们迷迷糊糊地爬到小铺上。奶奶给他们脱掉鞋子、衣服,给他们盖上被子,嘴里还不停地念叨着:"瞌睡金,瞌睡银……"

以后,他们夜里困了,还有谁再抓着他们的胳膊,把他们拉到铺边去呢?

小鸭和大鸭没有哭,可是心里在哭。

夜深了,四周静得像潭水。远处田野上,有一只野鸡"咽咽咽"地叫起来,叫了一阵,觉得叫得不是时候,小声叫了两下,困了,不叫了。起风了,屋后池塘边的芦苇发出沙沙声。有鱼跳水,发出"咚"的水响。风从窗户吹进屋里,烛光跳起来,摇起来。

小鸭突然害怕了,双手紧紧抱着大鸭的胳膊。大鸭到底是哥哥,没有小鸭那样怕。他把小鸭拉到怀里,互相依偎着。当大鸭突然想到奶奶确实已经死了时,也不由得害怕了。

奶奶在世的时候,教给他们很多很多歌谣。夏天在河边乘凉,奶奶一边用芭蕉扇给他们赶蚊子、扇风,一边唱。冬天天冷,他们一吃完晚饭就钻被窝。墙壁上挂盏小油灯。他们睡不着,钻在奶奶的胳肢窝里。奶奶一边用躯体温暖着她的两个宝贝儿,一边唱。他们很多时候,是在奶奶的歌谣所带给他们的欢乐中度过的。

奶奶走了,留给他们多少有趣的歌谣!

大鸭搂着哆嗦的小鸭,声音轻轻地说:"石榴树,结樱桃,杨柳树,结辣椒,吹的鼓,打的号,抬的大车拉的轿,木头沉了底,石头水上漂,小鸡叼老鹰,老鼠捉了大咪猫。"

小鸭望了哥哥一眼:"金轱辘棒,金轱辘棒,爷爷打板奶奶唱,一唱唱到大天亮,养活了孩子没处放,一放放到锅台上,嗞儿嗞儿喝米汤。"

兄弟俩交替着唱,唱着唱着,两人抱在一起睡着了。

蜡烛快点完了,火苗儿小得像豆粒儿。

春天夜里,挺凉的,大鸭醒了,连忙推了推小鸭:"坐好。"

小鸭用手背揉着眼睛,嘴里含混不清地叫奶奶。

大鸭遵照胡子爷爷的嘱咐,点上两支新蜡烛,插到烛台上。

离天亮越来越近,跟奶奶在一起的时间越来越短。太阳出来时,村里的人,就要送奶奶走了。

兄弟俩再也睡不着,依然偎依着坐着,静静地望着奶奶满是皱纹的脸……

奶奶真苦,自己那么大年纪了,还要拉扯他们两个孙儿。奶奶喜欢他们,疼他们。为了他们,奶奶什么苦都能吃。门前有一块菜园,奶奶从早到晚侍弄它,长瓜种菜。夏天热得晒死人,奶奶头上顶块湿毛巾,坐在小凳上拔豆草,汗珠扑簌扑簌往下滚。大南瓜,紫茄子,水灵灵的白萝卜,灯笼儿似的青椒,一串串扁豆荚像鞭炮,丝瓜足有两尺长。奶奶拄着拐棍,搬动着小脚,把它们一篮一篮捎到小镇上。卖了,把钱一分一分地朝怀中的小口袋里攒,给大鸭和小鸭买衣服,买书包、铅笔。奶奶不能委屈了大鸭和小鸭。

奶奶心里就只有这两个孙儿。

冬天下大雪。路上滑,奶奶怕上学的大鸭和小鸭摔跟头,拄着拐棍儿,朝学校摸,一路上跌倒好几次。摸到学校,她就站在屋檐下,等呀,等呀。大鸭和小鸭放学见到奶奶,她头上、身上已落了一层雪。他们一人拉着奶奶一只手往家走。小兄弟俩眼泪儿在眼眶里直打转……

夜越来越静悄,除了风哨声,没有一丝声响。

大鸭望着小鸭,用眼睛问他:弟弟,在想什么?

小鸭鼻头一酸,滚下两串泪珠儿。大鸭搂着弟弟,泪珠儿一滴一滴地落在他的头发上。

风"呜呜"地响,屋后池塘里的水,撞着岸边,发出"豁嘟嘟"的声音。

不哭吧，哭声也留不住奶奶。

天很凉。他们守着死去的奶奶，再也没有一丝害怕。大鸭从床上抱来一床薄被，轻轻盖到奶奶身上。兄弟俩一起用温暖的小手，抓着奶奶那只早已变凉了的粗糙的大手。

还能为奶奶做些什么呢？

奶奶活着的时候，他们帮奶奶做的事实在太少太少，还淘气得没边儿，尽让奶奶操心。夏天，村里的孩子们，都光屁股到村前的小河里洗澡，乱扑腾，满河溅着水花。兄弟俩禁不住诱惑，忘记了奶奶的告诫，小裤衩儿一扒，下河了。奶奶知道了，连忙赶到河边。他们见了，赶忙爬上岸，穿上裤衩。奶奶挥起拐棍，在他们屁股上结结实实地各打了三下。奶奶怕他们淹死。打完了，奶奶哭了，一边揉着他们的屁股，一边说"揉呀揉，不长瘤"，又一边落泪。

兄弟俩现在心里真懊悔：不该惹奶奶生气、伤心的，不该只顾贪玩，不帮奶奶多干些活儿。懊悔又有什么用呢？天一亮，奶奶就走了，永远地走了。

大鸭突然想起，去年村西头五奶奶死后躺在门板上，到晚，儿孙们跟着一个从外村请来的会唱歌的老头，绕着五奶奶转。还有人敲着小鼓和铜钹儿。那老头闭着眼睛哼唱着，声音忽高忽低。他手里托着一个盘子，盘子里是些五颜六色的碎纸片儿。他不时地抓一把抛到空中，然后纷纷落到五奶奶身上。大鸭和小鸭问奶奶这是做什么。奶奶告诉他们，在给五奶奶送行呢，她要到一个好地方去，那里长着很多花，五奶奶累了，去享福了。

大鸭和小鸭也要给奶奶举行一次送别。

兄弟俩找到几张五颜六色的纸，用剪子剪成一盘碎纸片。大鸭从抽屉里找出兄弟俩都爱吹的芦笛。那是大鸭做的,大拇指儿粗,一尺长,上面有小眼儿,一头装着一个跟按在唢呐上差不多的哨儿。大鸭把芦笛交给小鸭:

"吹吧。"

"奶奶能听见吗?"

"能。"大鸭点点头,托着盘子,绕着奶奶走起来。

小鸭竖吹着芦笛。笛声低低的,哀哀的,像在跟奶奶说话呢。

大鸭唱着。唱的什么,他一点也不明白,只是这么唱着,把花纸片儿抛到空中。纸片儿飘忽着,轻轻地落在奶奶身上。

眼泪从他们的眼角流到嘴角。

凄婉的芦笛声,在春天的夜空中慢慢地传开去,全村人都醒了。

想到是把奶奶送到一个好地方,两个孩子心里又陡然快乐起来。小鸭站起来,用劲吹着芦笛,音调变化仍然很少,却很欢快了。大鸭也稍稍把歌声放大,把花纸片儿抛得更高。

奶奶为了拉扯他们,太累了,该享福了。

天上,嵌满亮晶晶的星星,月亮很亮,像只擦洗过的大银盘。远处林子里,鸟儿已开始扇动翅膀,张着嘴巴,准备着迎接黎明。挂着露珠儿的桃花和麦苗儿,散发着好闻的清香。

奶奶身上落满了花纸,不,是花瓣儿。

兄弟俩没劲了,歌声低了,芦笛声弱了。到后来,不吹也不唱了,又互相偎依在一起。兄弟俩心里并不全都是悲伤。

他们静静地睡着了。奶奶也好像是睡着了。蜡烛流完最后一滴烛泪,火苗儿跳动了一下,无声无息地熄灭了……

1980年于北京大学21楼106室

田　螺

1

　　整个一个下午,小六顺就这么悄然无声地坐在土坡上的楝树下。此时,已是初夏天气,楝树上开出一片淡蓝如烟的小花。

　　六顺总能看见那片田野,也总能看见在田野上拾田螺的何九。

　　田野很简单,尽是水田。水田间是水渠,水田里盛着蓝晶晶的、阴凉且又毫无动静的水。水面上有一些从田埂上垂挂下来的无言的草茎。田里的秧苗尚未发棵壮大,田野就绿得很单薄,很没有力气。还未被秧叶遮住的田水,泛着清静的水光。田野几乎是无声的,静止不动的。偶尔有一棵楝树在地头的田埂上孤立地长着,顶着几片轻柔的云彩,却更衬出田野的空疏和寂寞。

　　此刻,何九独自拥有着这片田野。他戴一顶破斗笠,背一只柳篓,在聚精会神地寻觅着田螺。

　　这地方的水里,生长着一种特殊品种的田螺:个很大,最大的比拳头还大；螺壳呈扁圆形，很坚硬，颜色与水牛角相似，色泽鲜亮，油光光的，仔细看，还有一些好看的金黄色暗纹；壳内螺肉饱满，并且特别鲜嫩。螺壳的漂亮，使许多城里人动心，弄一两颗放在玻璃柜中，权当一件小小的艺术品欣赏。

何九似乎每拾一颗这样的田螺，都有一丝欣喜。他微驼着背，在田埂上走，目光来回于田埂这边的田和田埂那边的渠。田里的田螺，有些他一眼就直接看到了，有些他先看到的只是它们从泥土上滑动过后留下的细辙。每逢这时，他的目光就随着那清晰而优美的细辙耐心而愉悦地追过去，有时要追出去丈把远，目光才能触摸到它们。这个时间里，他的眼睛总睁得很大。然后他用眼睛盯住它们，小心翼翼地把脚插到秧行里，一步一步走过去。将它们拾起后，他会顺手在清水里轻轻涮涮，再将它们丢进篓里。渠里的田螺总吸附在渠边水下的草茎上。细细的长长的草茎上，却硬有几只大大的田螺吸附着，颤颤悠悠，半隐半显，那形象煞是动人。每逢这时，他格外地耐心。他先在田埂上跪下，然后俯下身子，将手轻轻伸入水中，像捉一条游动的小鱼一样小心。他知道，若稍微一碰草茎，或使水受到震动，受惊的田螺就会立即收起身子，与草茎脱落开来，向水的深处急急沉去。

何九就这样在空寂的田野上不停地转悠着，如同一个飘来荡去的孤魂。

六顺望着何九的身影，总会想起十天前的情景来——

村头围了一堆人。何九被围在中间。前天，他借了大伙出钱买的那条合用的大木船，说去芦荡割些芦苇盖间房子。而今天早晨，他却突然报告村里人，说那条大木船拴在河边上不见了，四处都找遍了，也找不着。人们或互相交换着眼色,或低声嘀咕,但朝何九斜瞥或直射的目光里,总含着怀疑。有些目光里甚至含着鄙视。

"你很会用船,该知道怎么拴住它。拴船的又是根铁索,是不能被风吹走的。"村里摆肉案的把手在油乎乎的围裙上搓擦着说。

何九说:"是不能被风吹走的。"

"那这船飞上天啦?"说话的人是放鸭的阿宝。他一个冷笑,歪过脸去。

何九无言以对。过了好一阵,才说出另一种可能来:"莫非被人偷了?"

"偷了?谁偷?这村里还有谁会偷?"孟二家的媳妇把奶头准确地塞到怀中孩子的嘴里,眼睛往一旁看着说。

何九立即低下头去。

何九的名声很坏,方圆几十里,都知道有个何九。从前,他走到哪儿,那儿的人都会突然地警觉起来。等他离去后,总要仔细清点一下东西。半年前,他才从牢里释放出来。

"打我记事,这村里就没有丢过船。"老木匠把话说完,一使劲,把烟斗里的烟灰全都"噗"了出来。

"船倒是没丢过,可丢过一头牛。"不知是谁接过一句话,立即转身挤到人群外边去了。

谁都知道,那牛是何九偷了到远地方卖掉了。

"我真不知道船到哪儿去了!"何九大声说。

人们依然冷言冷语地说着。

"你们是说我把船偷出去卖了?"何九转着圈问着人们。

"我们可没有说你偷。"

这人群一直聚集着。

何九几乎是喊叫着:"你们让人把我再抓起来吧!"

人群慢慢散开,但依然没有离去。

村里最老的一位长者走到何九跟前,看了他半天,说出一句话来:"你是改不了了!"他朝众人挥挥手,"走吧,走吧。"

人们这才散去。

村头只剩下何九。他呆呆地坐在树根上,眼睛睁得很大,却无一点神采。不一会儿,天下起雨来了。他居然没有感觉到,仍坐在树根上。大雨倾倒下来,将他浑身淋透,几丝已经灰白的头发被雨水冲到脸上,遮挡着他那一双困惑、悲哀、又有几分茫然的眼睛。

这一切,六顺看得十分真切,因为当时,他也一直站在不远处的雨地里。他记得当时自己浑身打着颤儿,几次想走到何九身边,几次想对他说些什么,然而,他终于没有能那样做,只是用牙死死咬住手指,更加厉害地在雨里颤抖着。

这些天,每当六顺想起那番情景,还会禁不住微微颤抖。

天空下,忽然飞来一只鹰和一只黑鸽。那鹰在追捕着黑鸽。这追捕也不知是从何时开始的。黑鸽大概看到了它的下方有两个人,不再一路飞逃下去,而是在六顺和何九的头顶上与鹰盘旋着。这景象牵住了六顺和何九的目光。他们仰起头来,关切地注视着天空。

这场较量在力量上是极不平等的。那鹰单体积就比黑鸽大出三倍。它在空中飞翔,简直像叶帆。它只把双翅展开,并不拍击,借着高空的气流,在黑鸽上方阴险地滑翔。离死亡就剩一步之差,黑鸽仓皇地躲闪着。鹰并不俯冲下来,仿佛要等黑鸽飞得精疲力竭了再来捕获它。黑鸽的飞翔变得越来越沉重,挣扎着在天空很勉强地飞着。

大概何九觉得黑鸽很可怜,挥着双臂,朝空中的鹰嗷嗷叫着,驱赶它离去。

鹰并不在乎。

六顺抓起两块土疙瘩,从坡上冲下来,帮何九一起吓唬着鹰。

鹰却不想再拖延这场追逐,突然将身子倾斜,像一张加速的铁皮,对着黑鸽,从半空里直削下来。

黑鸽被打中了,掉在了地上。正当鹰要伸出利爪去抓黑鸽时,何九以出人意料的速度扑过去,赶走了鹰。他从地上捡起了黑鸽。当他看到黑鸽的一只翅膀被打断,正流着鲜血时,他的眼睛里满是怜悯。

那只黑鸽的羽毛漆黑如夜,两腿却是鲜亮的红色。它在何九手里咕咕叫着,颤抖着受伤的翅膀。

"你想要它吗?"何九问六顺。

"你不要吗?"

"我想要。"

"那就给你吧。"

"我住在村后,四面不靠人家,很冷清,听它叫几声也好。"何九说。

六顺望着何九,忽然叫了一声:"九叔。"

何九说:"你怎么总坐在坡上?地上潮,凉,别在那儿坐了。"

"嗯。"六顺答应道。

"你今年十三了吧?"

"十四啦。"

"真快呀,说话都十四了。"

"你拾田螺干吗?"六顺问。

"卖钱,下给城里的小酒店,这几年,城里人嘴馋。"

"卖钱干吗?"

何九不说话,只是用手指轻轻地给黑鸽擦着翅上的血迹。好半天,才回答六顺:"买船,买条大船。"

六顺看到,何九的眼睛有点潮,有点红。

2

几天后,六顺编了一只柳篓,也拾田螺来了。

何九问:"你拾田螺干吗?"

六顺说:"卖钱。"

何九问:"你小孩家要钱干吗?"

六顺说:"家里要盖房子,缺钱。"

何九说:"你多多拾,我带你进城去,也下给小酒店,你有多少,他们要多少。"

六顺说:"好的。"

六顺的到来,使何九觉得田野不太寂寞了。他们虽然得分开来拾,但总能互相见到身影,不时地还能说上几句话。人不能不经常地见到别人,不能整天没有别人跟他说话。以前的那些天,何九形单影只地在这田野上转悠,整天沉默不语,觉得世界太空太大,叫人心里发虚。拾着拾着田螺,会无由地突然立直身子四下里张望,直到看到远处有人在走动,那颗空空落落的心才稍微放下一些。有时,他自己跟自己唠叨,跟抓在手里的田螺唠叨,跟这漫无边际的田野唠叨,但唠叨着唠叨着,心里便会生起一丝酸楚和悲哀,叹息一声,又归于沉默。现在,每当他抬起头来,见到不远处的六顺——特别是赶上六顺也正好抬起头来,向他投来一双清纯、温暖的孩子目光时,他感到了一种平静和踏实,心里对六顺充满了感激。

地头还有一颗黑色的小生命——那只受伤的黑鸽正安静地蹲在何九为它准备的草垫上。它至少现在不能再飞向它的天空了。不长时间的相处，它便对主人产生了一种依恋之情，每当何九走近时，它就会耷拉着翅膀，摇摇摆摆地走过来，并且"咕咕咕"地叫着。而此时的何九——一个中年汉子，感情就会变得很脆弱。他蹲下身子，将它捉住放在左手的手掌上，然后用右手轻轻地抚摸它的羽毛。

六顺一旁见到，心里很感动，对这只小东西也就倍加怜爱。

在地头，有时他们还一起坐下小憩。何九就会用草秸给六顺编个小笼子呀什么的。六顺会扯下一片草叶，吹出好听的鸟鸣来。

于是，田野变得很温馨，很有人情味儿。

他们把田螺拾回家中，先在大木盆里用清水养着，每隔两天，就用麻袋装了，用自行车驮到四十里地外的城里，卖给城里的小酒店，然后得一笔挺不错的收入。何九对钱很在意，每逢挣得一笔钱，总会反复数那些票子。六顺是拾不过何九的。何九就把拾田螺的门道一一告诉六顺："拾田螺要起大早，那时的田螺，全都爬到浅水处来了，水渠里的田螺能一直爬到露出水面的草茎上；要拾大田螺，须到深塘边上的芦苇丛里找，一只一只地都附在芦苇秆上，你小心别碰着芦苇秆就是了；雨天，田螺也喜欢出来，放水的缺口里都能拾个几斤；打谷场边的水沟里，烂草多，就是脏些，可田螺最多，有时能一手摸到几只……"

六顺多了一些拾田螺的经验之后，果然一天多拾好几斤。他对钱也很在意，一分一分地挣，挣了就藏在瓦罐里，一有空就拿出来数一数。晚上睡觉，要抱着瓦罐睡。

这天,六顺对何九说:"九叔,我们去人家荷塘里拾吧。"

何九说:"行。"可走了几步,却又踌躇不前了,"还是不去荷塘拾吧。"

"荷塘里没有田螺吗?"

"有,很多,大个的,都附在荷叶茎上。"

"那为什么不去拾呢?"

"你去拾吧。我就在田里拾。"

六顺困惑着,独自去了荷塘。这里的人家,几乎家家门前有一个荷塘。六顺随便挑了个荷塘就下去了。荷塘里的田螺果然很多。荷叶茎上有,浮在水上的荷叶背面也有,有的田螺居然爬到荷叶上面来了,一张碧绿的荷叶托着一颗黑宝石似的田螺,也真好看。荷塘里的水又特别清澈,即使有些没有顺荷叶茎爬上来的田螺,都能看见。六顺禁不住一阵一阵地欣喜。他顾不得叶茎上的刺刺人,也顾不得卷一卷裤管,只顾去拾那些田螺。拾了半篓,他突然想到了何九,就爬上岸来,兴冲冲地往田野上跑,两只湿漉漉的裤管就"扑嗒扑嗒"地响。见了何九,他上气不接下气:"九叔,荷塘里……田……田……田螺……多……多……"

何九依然犹豫着。

"去荷塘里拾吧,有那么多荷塘呢。"六顺说。

"好吧。"何九说完,把那只黑鸽放到肩上。

两人一起下了一个人家的荷塘。

一个小女孩走过来,抿着小嘴,用一对特别大的眼睛看了何九好一阵,转身进家里去了。不一会儿,走出她的母亲来。她母亲装着收拾菜园的篱笆,不时地用眼睛瞟着她家的荷塘。那个小女孩把身子藏在草垛背后,却把脸探出半边,也用眼睛盯住荷塘。

六顺问何九:"她们在看什么?"

何九似乎早看到了那两双眼睛,脸上的表情很难看。他告诉六顺:"她们在看我呢。怕我偷她们家的藕呢。"他的身体变得有点僵硬,不知该怎么动作了。

六顺不知道该不该再拾了,不知所措地站在荷塘里。

"六顺,你在这里慢慢拾,我先走了。"何九爬上岸去。

六顺心里很难过,也爬上了岸。

那两对目光随着何九而移动着。何九完全能够感觉到。走了几步,他停住了,从腰间取下柳篓,抓住篓底,"哗啦"一声,将篓中的田螺全都倾泻在荷塘里,然后又亮了亮篓底,弯腰抱起那只黑鸽,头也不回地走向田野。

六顺在心里狠狠地骂了那母女俩,并把恼怒的目光特别冲向那女孩,心里很得劲地骂了一句:"小女人!"照何九的样子,也把柳篓一倒,将田螺全都倾泻在荷塘里,亮亮篓底,转身追随何九而去。……

3

六顺不再提去荷塘拾田螺了。他尽量靠近何九,找些话头儿与何九说说话,但何九少了许多言语。六顺便也把头低下去找田螺。沉默久了些,倒是何九又扯起话头儿来。好在有那只黑鸽在,把那沉默冲淡了不少。它居然能飞起来了,虽然折断了一根翅膀。它飞得极不平衡,一忽闪一忽闪,像一片黑纸片儿在风中刮,似乎全由不得自己。这时候,六顺和何九便都立直了身子站在那里,很担忧地观望着,生怕它栽倒在田里。但,它却尽在何九头上盘旋,仿佛要制造出一些生动的景象,把何九心中的死水搅出些微澜来。当它终于再无力飞翔、很笨拙地落到他肩上时,他得到了一种慰藉,于是朝六顺苦涩而又满足地笑着。

过了些时候,何九的心情才好了些。这使六顺的心情也轻松了许多,常不去拾田螺,在田埂上的草丛里抓一种叫"草草婆"的虫子玩。那虫子有两条能屈起的长腿,用手捏住它的长腿,它便一下一下地磕头。六顺在嘴中念念有词:"草草婆,你磕头,六顺打酒给你喝……"要不,就一边拾田螺,一边用了很不稳当的嗓音唱些野曲儿。

何九说:"六顺,你唱得不好听。"

"那九叔你唱。"六顺说。

何九唱不出,六顺就盯住他:"你唱呀,你唱呀。"

何九被六顺盯得没法子,就唱起来。压抑得太久太久了,那声音仿佛原是被岩石堵在山洞里的,现在岩石突然裂开了一道缝,便一下子钻了出来,很锐利,很新鲜,又有点怯怯的。

黑鸽从田埂上起飞了,在何九的声音里飞翔着。

> 三月三,九月九,
> 没娘的姑娘回到娘家大门口,
> 哥哥抬头瞅一瞅,嫂子出门身一扭。
> 不用哥瞅,不用嫂扭,
> 我当天回来当天走,
> 不吃你们的饭,
> 不喝你们的酒……

六顺听着听着,觉得何九的声音有点悲凉起来。大概是何九觉得那姑娘太苦了。可何九还是不停地把歌唱了下去,半是快乐,半是悲伤……

　　平静的光阴里,天地间换上盛夏的景色。七月的乡野,躺在了炎炎火烧的阳光下。晴朗的白天,整个天空里,都是令人目眩的金色。庄稼以及草木,乌绿乌绿地生长着,显出不可遏制的样子。放鸭的小船都歇在河边树阴下。水牛也都在水里浸泡着。只有不知炎热的孩子们,赤着身子在桑树上找天牛,或到草丛中抓蚂蚱。

　　六顺是孩子,但他不能玩。似乎有根鞭子悬在他的头上,他必须不停地拾田螺。

　　何九买了两块白纱,在池塘的凉水中浸湿,抖开,给了光脊梁的六顺一块:"披上,凉快。"

　　当微风吹起白纱时,从远处看,仿佛田野上飞了两只白色的大鸟。

　　这两只"大鸟"总是一整天一整天地停留在田野上。炎热是不能把他们赶到阴凉处去的。他们要拾田螺、拾田螺……

　　这天早晨,六顺给何九带来一个消息——此后,六顺为自己带来这个消息而后悔了许多日子。他告诉何九,村里人正捐款盖学校;等学校盖起来了,还要立一块碑,凡捐了款的,都要将名字刻在碑上。

　　何九没有想将自己的名字刻在碑上,只是想:我也是村里人,该出这份钱。他洗了洗手,让六顺领着,来到房基地。那里的一棵大树下,放了一张桌子,从前的账房先生阿五受了大伙的委托,正在收钱。那时,村里人正为没船装运沙石木料而在焦愁,而在议论丢船的事。何九来时,只见人们一个个板着脸不说话,先有了几分尴尬。他赶紧把捏在手里的几张汗津津的钱递给阿五。阿五却当没有看见,先收下了排在他后面的人的钱。他只好硬着头皮站着。阿五又收了几份钱。这一会儿,已没有捐款的人了。他把钱往阿五跟前推了推:"这是我的。"

阿五说:"钱够了。"把钱又推了回去。

人们又开始议论船的事了。

阿五见何九僵着,说:"你的钱,就自己留着吧。"

何九的眼睛一下胀凸出来,手也禁不住颤抖起来。他一下抓住桌上的账簿,大声地问:"为什么不收我的钱?"

阿五走上来,一把从何九手中抢下记账簿,然后扔到抽屉里,说:"这读书的,都是一些干干净净的孩子!"

何九的脸色一下变得苍白起来,额上渗出许多汗珠,两眼失神,身子好像矬下一截似的。

人们各自散开忙事去了。

来了一阵风,把桌上的钱全都刮到了地上。

何九转过身,拖着沉重的身体,朝田野走去。

黑鸽飞过来,立在他似乎一下子又瘦削了许多的肩胛上。

六顺低头跟着。

有人喊:"六顺!"

六顺却头也不回,坚定地跟着。但不知为什么,他的样子很像个罪犯。

打这以后,何九更加拼死拼活地拾田螺。常常是六顺还未赶到田野上,他就已先拾了一篓子。天黑了,他还不回去。看不见田螺了,他就用手在水渠里、沟塘里摸。一天深夜,六顺出去撒尿,只见田野上有一星亮光在动,心里觉得很奇怪,便跑过去看,只见是何九提着方罩灯,在水渠里找田螺。苍黄的灯光,把他的身体衬得像个晃动的黑影子。其实,何九夜里拾田螺,已有好几天了。那微暗的灯火,在田野上游动,像无家可归的魂灵。村里人说:"是鬼火。"

过了几天,这"鬼火"又多出一个,一高一矮,一前一后,一左一右,一会儿在田里,一会儿在渠边游动,有时碰到一起,一阵停住不动之后,又分离开去,分离开去……离开老远,然后又慢慢地靠拢……

4

六顺的心不知被什么折磨着,眼睛里总留着梦魇的痕迹,身子一日一日地瘦弱下去,像一匹肚皮瘪瘪、到处找食的狗。

像何九一样,他尽可能地去拾田螺,村里人说:"六顺的魂丢在田里了。"

这两天,他们拾了不少田螺,下午一人蹬了一辆破车,傍晚时,把田螺驮到了城里。

城里人确实很馋,天一晚,街两旁的小酒店,就纷纷摆出桌子,把炒好的田螺一碗一碗、一盘一盘地摆出来,于是就有人在矮凳上坐下喊:"来一碗。"田螺分去尾的和不去尾的。将田螺去了尾,再放上清水养几天,田螺把泥全都吐了出来,自然要卫生一些,并且进味。不去尾的田螺要用竹签往外挑螺肉,而去了尾的田螺,只需猛地一吸,肉便入了口中。去了尾的田螺自然也就贵些。小酒店的老板们知道人们不在乎多几个钱,一般都把田螺去了尾。这个小城里的人,吸田螺又都很有功夫,一吸一颗,并把声音吸得很脆,于是一街的"簌簌"声。

六顺觉得他们很可笑。

何九让六顺先把田螺下给了一个小酒店,又到另一家小酒店去下他自己的。这家小酒店的老板是个地痞。他先是对何九的田螺大大地贬了一通,接着使劲压价,当何九说"不卖了"准备要走时,他却横着胳膊挡住:"好,照你的价,我全要了。"他让何九与六顺把一麻袋田螺弄到磅秤上,随手抓了一只砣一磅,报道:"80 斤!"何九正疑惑着,已有两个伙计过来拖走麻袋,把里面的田螺"哗"地倒在了还剩些田螺的大木盆里。

"不对!"何九说,"不止 80 斤!"

老板一指磅说:"我还没动,你可看清了!"

这里何九去看量度,老板顺手换了一只轻砣。

何九与六顺都使惯了杆秤,一见到磅秤就发毛,怎么也算不过账来,看了半天,也搞不清楚到底是多少。何九就到外面请了几个吃田螺的帮他看,都说是 80 斤。可何九坚持说不止 80 斤。老板给他钱,他不要。老板便骂了一声:"去他妈的!不要拉倒!"把钱扔回柜台里。

"我不卖了!"何九说着,抓起麻袋,和六顺一起奔往大木盆。

"呼啦"一下,从里面出来四个汉子,拦在了何九的面前。

老板说:"我家大木盆里原先就有大半桶田螺!"

何九和六顺往前去,那四个汉子就将他们往外搡。

六顺急了,一头扎在其中两人之间的缝隙里要往里钻,却被那两人紧紧夹住,使他进不去出不来,呼吸困难,一会儿憋紫了脸。

何九一见,便与他们打起来。何九的身体很虚弱,几拳就被人家打倒在地。他叫着"我要我的田螺",扶着桌腿爬起来,脸上又挨了一拳,重又跌在地上。

六顺过去扶何九,被其中一个使了一个绊儿,扑倒在地上,抬起头时,嘴角流下一缕鲜血。他疯了,操起一张凳子砸进柜台里,只听见"哗啦"一声,酒柜的玻璃粉碎了,十几只酒瓶子也被砸得稀里哗啦,各种颜色的酒流了一地。那几个人便扑过去,六顺一跳,跳进了大木盆,抓起田螺猛撒猛砸,田螺掉在桌上、柜台上,发出"噼噼啪啪"的声音。

老板叫道:"把他们揍出去!"

于是那帮人就一边叫着"乡下佬",一边拳脚相加,将他们揍出了小酒店。何九与六顺挣扎起来,就又被打翻在地。何九用嘶哑的声音不停地叫着:"我要我的田螺!"六顺终于又挣扎起来了,他吃力地将何九从地上拉起后,转眼瞥见了酒店外面那些矮桌,冲上前去,双手用力将它们一张一张掀翻了,炒熟了的田螺撒了一地。几个吃田螺的一边抹着酱油汤,一边叫着:"我的田螺!我的田螺!"

老板一指六顺:"去揍这小杂种!"

何九摇晃着过来护着六顺,被他们踹开了。这时吃田螺的人都站了出来,一脸正气,拦住了小酒店的人。

何九还在叫着:"我要我的田螺……"

吃田螺的人赶紧劝何九和六顺:"还不赶快走!"

老板叫道:"把他们的自行车扣下!"

吃田螺的人便"一"字排开挡住,又有几个人赶紧把何九和六顺的车推到马路上,拉了何九和六顺说:"快走,快走……"

何九和六顺得了掩护,推着车,钻进一条黑巷里,消失在夜色中。

他们默默地走了很久,才走出那条深巷,来到一条僻静的马路上。

此时正是深秋时节，凉飕飕的夜风使这两个衣衫单薄且又空肚饥肠的"乡下佬"禁不住直打寒噤。他们没有力气再蹬车往回返了，找了一个避风处坐了下来。

两辆破车立在暗淡的路灯下。在何九的车把上，那只几乎被何九和六顺忘了的黑鸽，用一对受惊的、棕色的眼睛，温柔地望着主人。何九忽然发现了它，想站起来，却没有能够站得起来，只是向黑鸽伸着手。还是六顺爬起来，把它抱住，送到了他手上。他把它放在怀里，用那双被泥水沤坏了的手，对它爱抚不止，嘴里却在不住地唠叨："我要我的田螺……"

秋风正紧……

5

两年过去了。

两年里，田野上总有他们两人拾田螺。他们几乎将方圆十里地内的每一条水渠、每一块水田、每一口池塘都走到了。他们拾的田螺加在一块儿，可以堆成山了。

他们像两个远行人，踏着似乎迢迢无尽的路，各怀一种愿望，百折不挠地朝前走去。

六顺大了，何九老了。何九的背在这两年里日甚一日地弯曲下来，脚步显得有点蹒跚，眼神也苍老了许多。风雨和太阳，使他与六顺的皮肤都变成了黑色，尤其是他自己，浑身上下，黑如锅底。

他们却更加辛苦地去拾田螺——越是接近愿望实现的日子，就越是如此。

六顺的钱罐已快满了。宁静的深夜，他会突然醒来，把那钱罐放到胸前。久久沉默之后,不知道他想到了什么,泪珠从眼角滚落了下来。

这是一个六顺永志不忘、烙在了他一生记忆中的黄昏——

他突然发现背着半袋田螺走在他前头的何九不见了!他放下自己肩上的麻袋,飞快地跑上前去。黑鸽歪歪斜斜地在前面低空盘旋着。

何九气力不支,双腿一软,跌倒,滚翻到河堤下去了。那半袋田螺重重地压在他肋前。他用眼睛望着上方的天空,在低声呻吟着。六顺跳下缺口,用了全身的力气,将麻袋拖开,将何九先拉起坐起来,继而,将他搀到堤上。

"不要紧的。"何九惨白着脸笑笑。

六顺把何九扶到路边一棵大树下,让他倚着树干坐下。一阵折腾之后,六顺也一点力气没有了,只好瘫坐在地上。

何九老了,疲倦了。他许久没有理发了,灰白的头发乱蓬蓬的,下巴颏瘦尖瘦尖的,两只胳膊无力地垂挂着,布衫从左肩头滑落下来,露出了尖尖的肩胛。

六顺说:"九叔,明天就别拾田螺了。"

何九摇摇头。他望着六顺,眼中露出希望和快乐的亮光:"再拾一年,就够九叔买一条船啦。"

"还差多少钱?"

"六百块。"

"六百块?六百块就够了?"六顺两只眼闪闪发亮,跳起身来,冲着何九喊道:"够啦!够买船啦!"他转身飞跑。路上,他摔了一个跟头,直摔得头昏眼花,爬起来接着跑。片刻工夫,他把那只钱罐抱到了大树下。

那是一个少有的秋日的黄昏。田野上皆是金黄的稻子,在金辉中散发着成熟的气息。清澈见底的秋水,安静如睡。大堤上,两行白杨,直伸到无限的苍茫之中。万物皆在一片祥和与宁静的气氛里。

六顺把钱罐里的钱,倒在何九的面前:"九叔,够买船啦!"

何九笑了:"怎么能要你小孩家的钱呢?"

"收下吧!"六顺说。

何九坚决地摇了摇头。

这时,六顺"扑通"一声跪在了地上,随即大哭起来。

何九摇着他的肩:"六顺,六顺,你怎么哭啦?"

六顺把头低下:"九叔……船……船是我弄丢的……"

何九一怔,说:"你别瞎说!"

六顺依然低着头:"那天晚上,一个人也没有,我解了铁索,到河心岛的芦苇丛里抓萤火虫,后来起风了,芦苇响得怕人,我就往水边跑,一看船没有了……我是把船拴在一棵小树上的。河心风大,船把小树拔了去了……天黑极了,我怎么也看不见船……刮的是北风,船准是往那片白水荡漂去了……我游过河,跑回了家……九叔,你没有偷船,你没有偷船!……"

何九的眼中一下汪满了泪水。

"九叔,把钱收下吧,收下吧!"六顺望着何九,然后把额头垂向地面。

何九扶住六顺道:"不准你瞎说!"

六顺摇着头:"不,不,……"

何九望着六顺:"听九叔话。你还小,九叔已老啦!"

两人久久地含泪相望,全不知夜色已笼上了田野……

6

  几天后，一条大木船拴在村前的河边上，也是铁索拴的。
  那条木船是用上好的桐油油的，金光灿灿，仿佛是条金船。船样子也漂亮，两头翘起，船舱深深。手工也好，不细看船头板，都看不出木板间的缝隙来，船帮上的铆子钉得很均匀，很扎实。木料也是上等的。真是条好船。
  但，何九却不见了。有人说，他烧了房子（他本来也没有房子，只有一个草棚），肩上扛个铺盖卷走了，一只黑鸽立在铺盖卷上。那时天地还在朦胧的曙色中。
  六顺没有哭，只是呆呆地坐着，望望那船，又望望那留下自己和何九斑斑足迹的田野。
  在以后漫长的岁月中，六顺总是在默默地思念着他。

1990年2月18日于北京大学21楼106室